世界大师童书典藏馆

月亮背后的花园

韦苇 主编

［美］霍华德·派尔/著 熊良任/译

中原出版传媒集团
中原传媒股份公司
海燕出版社

图书在版编目（CIP）数据

月亮背后的花园／（美）霍华德·派尔著；熊良任译.
— 郑州：海燕出版社，2018.1
（世界大师童书典藏馆／韦苇主编）
ISBN 978-7-5350-7451-5

I.①月… II.①霍… ②熊… III.①童话-美国
-现代 IV.①I712.88

中国版本图书馆 CIP 数据核字（2017）第 303220 号

出版发行：海燕出版社
　　　　　地址：郑州市北林路 16 号
　　　　　邮编：450008
　　　　　电话：0371-65734522
经　　销：河南省新华书店
印　　刷：郑州市毛庄印刷厂
开　　本：16 开（700 毫米 ×1000 毫米）
印　　张：8.5 印张
字　　数：170 千字
版　　次：2018 年 1 月第 1 版
印　　次：2018 年 1 月第 1 次印刷
定　　价：20.00 元

本书如有印装质量问题，由承印厂负责调换。

读典藏，让自己浸浴在书香里

韦　苇

我们怀抱着将世界上最好的文学童书播扬到孩子们中间去的共同心愿，和海燕出版社联手，把我国少年儿童最值得阅读、最值得收藏的名篇佳作翻译出来、编印出来，让孩子们阅读、欣赏这些好书，使自己的精神营养得到补充和丰富。我们做这一切的时候，自始至终浸浴在书香中，我们的努力所体现的是一种传递书香的真诚。

好书不嫌多，多多益善。好书不嫌丰富，富富益善。我们已经拥有的世界文学童书或多半是翻译家们从美国和西欧优秀的童书中挑选来的，当然，它们都很好，我们的这套丛书里也应该包括西方世界典范的儿童文学作品，但有一点也是非常明白的，就是：优秀的儿童文学作品并不都是用英语写成的。我们的视野从已有的文学童书领域宕开去，扩开去，譬如说，我们往北欧看过去，我们看到那里也不单有林格伦和杨松作为20世纪儿童文学的北斗，高悬于世界儿童文学的星空，那里还是个儿童文学群峰林立的所在；譬如说，我们往俄罗斯、往中东欧看过去，那里的儿童文学用不同于西方的笔墨，用自己的幽默和谐趣来表达着别样的情感和思想，从他们的人生观和价值观里，

我们感觉到世界虽然很大，但人性的基本面和精神追求却大体是相同的。我们读来自不同地域的作品，一样会引起我们的共鸣。

好书只是来陪伴我们，而不需要我们来尽什么义务和责任。

我们不是为了履行谁的使命，来向年轻的朋友推介出自大师之手的作品，我们只是挑选他们有使命感的作品，把小读者吸引到丰美的阅读盛宴中来。所以我们的选择标准只有八个字"超越时空，值得典藏"。有的是因为作品的人物和故事而使作品具有了超越时空的力量，有的是因为作家趣味绝伦的语言而具有了超越时空的力量，有的是因为字里行间的智慧和幽默具有了超越时空的力量。一本书能够超越时空，就一定能够同不同时空中的人建立起个人的感情联系，触动不同时空中的人的心弦——尽管，有时超越的力量可能不是来自整部作品，而只是作品中某个或某些章节，甚至某个或某几个细节描写。要知道，能够给不同时空中的孩子带来温暖、美的阅读享受，用优美的富于童趣的诗意语言告诉孩子人性所有的美好——善良、诚实、宽容、勇敢、爱……是很不容易的，所以凡是具有超越时空力量的作品我们都要推介，不论它们来自世界的哪个角落。

说教，在家庭里、在学校里，已经够多了，让我们换一种同样有意义的方式，不是被动而是主动接受的方式，接受我们的文学童书推介，以获得情感的体验和艺术的熏陶，从而规范自己的人生之路，让自己的生命有一个足够的深度和厚度。

2014 年 10 月 23 日于浙江师范大学丽泽湖畔

霍华德·派尔

　　霍华德·派尔，美国著名插画家、作家，是难得一见的在文字写作和绘画方面皆造诣不凡的大师级人物。霍华德·派尔少年时代就表现出超人的绘画才能，为一些杂志定期绘制插图，此外他在写作方面也很有天赋，加之之前接触到许多民间故事和传说，也就促成后来他创作了一系列骑士和英雄人物的历险记，主要作品有《罗宾汉奇遇记》《银手奥托》《海盗传说》《骑士麦尔斯》等，大多取材于中世纪的神话或殖民地时期历史，再现了那个时代的社会风貌。霍华德·派尔的作品在英文领域一直有着良好的口碑，被列为世界名著，他的《海盗传说》《骑士麦尔斯》等被列入欧美青少年必读书目。

前　言

　　每到夜晚，太阳下山以后，月亮升起，清辉四溢之时，如果你向外眺望海面，就会隐隐约约看见一条长长的月亮路，直伸向远方。这条路躺卧在那里，从月亮伸向地球，又从地球伸向月亮，像金光银光一样闪烁发亮，像高速公路一样笔直平坦。

　　在这个世界上，任何事物的存在都是有缘由有作用的——月亮路也是这样——可是，对于一个事物的作用和创造它的缘由，你一定要亲自去发现。

　　月亮路和别的事物皆是如此。成千上万的人已经看见了那条长长的平整的亮带，已经眺望到它了，都认为它很漂亮，可是，真正弄明白它作用的人却寥寥无几。

　　月亮路看似一条路，而且也确实是一条路，因为，如果你真正知道该怎么做，你就可以在上面从容行走，就像行走在打谷场上一样。你所要做的是开个好头，事情就准能成。开好头以后，行走就会很顺畅，你就可以随意蹦跳、玩耍或戏闹。那样，无论什么时候，你都可以想来就来想走就走，而且，你要相信我所说的话，那是一条最美丽最神奇的路，

一个人可以在上面漫游，从这里到那个迄今为止几乎没有人去过又回来的地方。

因为月亮路是径直通向月亮的。

那正是它形成的原因——通过它，一个人可以从地球走到月亮上去，也许还能再走回来。

可是你也许会问，为什么有人要到月亮上去呢？那我就告诉你吧。因为呀，在月亮背后有一座人们所能想象得到的最神奇、最美丽、令人终生难忘的花园。

那里有许多天真活泼的小孩子，他们在尽情地玩耍、戏闹、欢笑和唱歌，像春天绿草地上的小白羊那样开心快乐。在那里，他们没有烦恼，没有争斗；他们不会伤心，也不会哭喊。

对的，对的，那座美丽的花园。有一次我亲眼看到过——虽然是在梦中——朦朦胧胧的，就像人们透过屈光玻璃才能看到的一个非常美丽的地方。

花园里有一个我最喜爱的小男孩。他没有看见我，可我看见了他，而且我觉得我是从一扇月亮窗望进那座花园的。

我很高兴看到他，因为他是沿着那条月亮路走出去的，而且还没有回来。

也许你还不理解我的意思，不过，在读完这个故事以后，你会理解的。因为这个故事是关于一个小女孩的，她去了月亮背后的花园，生活在所有美好的事物中间。同时，这个故事又是关于一个小男孩的，他去游览

了月亮屋，那里住着月中人，以及他是怎样从后门溜出去，又是怎样进了那座月亮花园的。

　　讲这个故事给我听的是那位月亮天使，现在，我要据我所能回忆到的，尽量完整地把这个故事讲给你听。

奥莉娅公主

　　从前呀——因为所有真正的童话故事都是这样开头的——从前，有一位国王和一位王后，他们非常恩爱，在这个世界上，他们只想要一样东西——那就是一个他们自己的孩子。

　　皇宫里静悄悄冷清清的，没有银铃般的说话声和欢乐的嬉笑声；没有小孩子跑来跑去的脚步声；也没有使生活充满甜蜜的喧闹声、嘈杂声和逗乐声。

　　因为皇宫里没有孩子，所以生活总是这样沉闷孤寂。

　　有一天，太阳正在闪耀着黄亮亮的金光，苹果树开满了鲜花——有粉红的，有洁白的——这时，王后在花园小径里来回漫步，她想呀想，觉得后院里没有朝气蓬勃的孩子，实在是太令人伤心了。眼里含着泪水，她用手帕把泪珠儿全都擦掉了。突然，她听见附近有人在对她说道："太太，太太，你为何这么伤心？"

　　那声音是从苹果树上传来的，她抬头一看，只见树枝间有一个美丽的人儿，全身穿着亮闪闪的白衣服，坐在苹果花中间，那人的脸庞像阳光一样明媚。

这正是月亮天使，尽管王后并不知道——这位月亮天使，许多人都知道的，只是名称不一样，而且都很害怕他，却不知道为什么。王后站在那里抬头望着他，心中感到非常平静。

"太太，你为何这么伤心？"月亮天使又问道。

"因为，"她答道，"皇宫里没有孩子。"

"要是你有了孩子，"月亮天使说道，"那会让你幸福吗？"

"那当然。"王后答道。

月亮天使微笑着，他的脸庞像闪耀着的白光一样明亮妩媚。"那就祝你幸福吧，"他说道，"因为我是来告诉你，你将会生一个女儿。"

然后，就在王后睁眼看着他的时候，他不见了，那上面除了苹果花和明朗的蓝天，就什么都没有了。

过了不久，国王和王后真的生了一位小公主。她是一位真正的公主，因为她出生时，头上戴着一顶金冠，肩上印有一颗金星，所以王后给她取名叫奥莉娅公主。

就在她出生的那一天，王后去世了——因为月亮天使给国王和王后带来一样东西的同时，他总是要带走另一样东西。因此，归根结底，他们比公主出生以前更伤心更痛苦了。

奥莉娅公主长呀长呀长，越长越美丽。但是她的父亲，那位可怜的国王，却一日比一日更忧伤。因为从来就没有人看到过像公主这样的小孩子。她从来不哭，却也从来不笑；她从来不发脾气，也从来不和蔼；她从来不逗趣，也从来不说话；她从来不给任何人添麻烦，也从来不蹦

跳游玩。她整天都坐在那里，用她那双美丽的蓝眼睛打量着四周，她通宵睡得像个天使，可或许她更像是一个有血有肉的小孩子似的可爱洋娃娃。

大家都说她没有智力，可是，你读完了这个故事，知道了月亮花园的情况以后，你就会明白的。

月 亮 仔

有一个小男孩名叫戴维，据我所知，他没有别名，只是有时被称作"傻"戴维。因为他是一个月亮仔，所有其他的孩子都嘲笑他。

一个月亮仔？月亮仔是什么呀？

啊，宝贝孩子呀，宝贝孩子！那不是你轻易就能理解的呀。因为即使是一位见多识广的科学家，鼻子上戴着一副高度近视的眼镜，可以写出厚厚的一本论述人类理智演进的专著，或者是一位戴着远视眼镜的科学家，可以写出一篇博学雄辩的专论，知道在一立方英寸的黄油牛奶里有多少微生物，他们就跟我奶奶的床头柱一样，也不知道月亮仔是什么。

"月亮仔！"一位非常高明的学者会惊叹道，"我不知道什么是月亮仔。根本就没有这回事。真是荒谬。"

如果你想知道月亮仔究竟是什么，要么你去请教月亮天使，要么你就亲自读一本他写的无法全懂的天书，书中讲的全是这类事，假如你有能力读懂书中所写文字的话。

戴维是一个月亮仔。他的智力比小公主奥莉娅略胜一筹，可是尽管如此，大家还是要喊他月亮仔。别的孩子都不愿意跟他一块儿玩，因为

他很傻，所以，他总是帮母亲做些家务事，要是母亲太忙，他就帮着照看奶娃子。他家住在大海边的一个村子里，大海的崖岸向东遥遥伸展开去，所以每当月圆之时，就会显现出一条明晃晃的月亮路，从黑暗的大地一直通到东方闪亮的圆盘上。

小戴维家的那个小村庄非常奇特。除了牧师、村长、校长和古怪的鞋匠汉斯·克劳特之外，全村的人几乎都是渔民。各家的屋顶都高耸着，一家翘出在另一家上面，仿佛要互相超越，以便窥见下面的沧海。一座白色尖顶的教堂差不多矗立在崖岸的绝顶，在教堂的那边有一片开阔的公共绿地，长满了青草，鹅群和牛群都在那里吃草，傍晚时分，孩子们都去那里玩耍。一条公路向上盘旋过崖岸顶，蜿蜒着跨过荒原，越过田野，穿过村庄，直通国王的都城。

戴维喜欢大海，就像小羊羔喜爱羊妈妈。在通常情况下，要是天气晴好，他就会抱着奶娃子下去，坐在海岸边的岩石上晒太阳，凝神眺望着海水。他总是在那里一连坐好几个钟头，对着自己和奶娃子哼唱小调，自顾自地沉思遐想。

别的孩子一点儿都不喜欢他。他们脸上长满了褐色的雀斑，头发乱蓬蓬的，那些粗壮的手差不多总是脏兮兮的。当他们在一起玩耍时，总是大笑呀，喊叫呀，像小马驹一样踢跳呀，并且在草地上互相厮打，滚来滚去。可怜的小戴维有时候就站在一旁出神地看着他们玩。他本来很想跟他们一起玩的，可是他不能，就因为他是一个月亮仔，呆头呆脑的。有时候那些小男孩，甚至一些小女孩都嘲笑他，因为他很愚笨，脸色苍

白憔悴,蓝眼睛黯淡无光,而且还要看护奶娃子。有时候他们喊他"呆子",有时候叫他"小保姆"。每当他们戏弄他时,他就抱着奶娃子走开,到崖岸上去,坐在那里眺望海水,想着想着,也许他真想大哭一场,把嗓子哭疼。

百 不 成

但是，村子里有一个人对戴维既不取笑，也不叫他月亮仔。那就是鞋匠汉斯·克劳特。

因为汉斯·克劳特自己也是一个月亮迷。

村子里有些人老说他是百不成，也许他们说的是大实话——只是有时候百不成比一知半解更需要智慧。

不过，汉斯·克劳特并非一直都是这个样子的。有一段时间，他跟别人一样懂得人情世故。

他曾经有个妻子和他一起过日子。

他年轻时干活很卖力，总是想多赚点儿钱好维持两个人的生活，而当他赚到了这笔钱时，他就娶了自己最心爱的那位姑娘。

他们在一起生活了一段时间，后来她死了。

从那以后，汉斯·克劳特就成了现在这个样子，所以有些人说他神经，有些人说他百不成。

然而，不管乡民们怎么说，汉斯·克劳特确实是有知识的。对于月亮路，月亮天使，以及月亮本身，他知道的比任何人都多。

小戴维非常喜欢汉斯·克劳特，要是他不帮母亲做家务，不哄奶娃子，也不独自坐在崖岸上沉思遐想，他就会去鞋匠铺，专心看汉斯·克劳特做鞋子。

汉斯·克劳特通常是这样干活的：他总是坐在一条有皮坐垫的长凳上，一旁放着一个工具箱。箱子里装满了曲头钉、蜡线头、擦线蜡、鞋钉等这样那样的东西。汉斯·克劳特总是拿起一只鞋子，套在一只木脚上，他把这只木脚称作楦头。

然后，他先把一块鞋底皮固定到鞋帮上，再用平头钉把它钉到木楦头上的鞋底里。

然后，他就会把那只鞋子紧握在两膝之间，并用垂到他脚下的一根带子拴牢。

然后，他就会拿起曲锥子，从皮底锥进去，再从鞋帮上钻出来。然后，他就会把蜡线头的刚毛插进他刚刚打好的小孔里。

然后，他就会张开两臂，把上鞋线绕在自己的手指上往外拽，那双手由于经常盘弄鞋蜡，总是黑黢黢的，这时他就会哼唧一声，把鞋线拽紧。

以上是他做鞋子的全过程。

以下是他钉鞋钉的方法。

他总是先用曲锥子在鞋底锥出一个小孔。

然后，他就会把一根小木钉楔进去。

然后，啦嗒嗒，他就会用他那怪怪的圆面锤子把鞋钉敲进去，这样，

鞋钉在里面就会跟蜡一样牢牢密封。

然后，他就会很快拿出小刀把他钉在鞋里的所有木钉头修理齐整，再把鞋底磨平滑，直到像玻璃一样放光。

是的，千真万确！这是一件看起来非常美妙的事儿。

当我像戴维那样还是一个小孩子的时候，在一个古渡口边的垂柳下住着一个鞋匠。

他有一只小黑狗，两只眼都瞎了，月亮天使常常用一根谁也看不见的绳子拴着它，带着它到处溜达。我常常到那个古渡口去，坐在那里看鞋匠做鞋子，就像戴维常常去看汉斯·克劳特干活一样，而且直到今天，我仍然认为，做好一双鞋子比写一部巨著需要更多的智慧，做一个优质蜡线头比用铅笔作一幅画更需要技巧。

但是，吸引戴维到鞋匠铺去的，不完全是因为做鞋子。

汉斯·克劳特有一把小提琴，他能弹奏出十分动听甜美的乐曲，让你的喉咙管快乐得痒痒的，直想听他演奏。

如果他不是很忙，他就会弹奏小提琴给戴维听，而戴维总是坐在那里听呀听的，那个奶娃子就会吮吸着自己的大拇指入睡了。

但是，吸引戴维到鞋匠铺去的，也不完全是因为那把小提琴。因为汉斯·克劳特的最神奇之处是，他满脑子都是故事。

只要他不忙着做鞋子，他就整天整个钟头地给你讲关于王子和公主、国王和贵族高官、巨人和爱捣乱的小妖精的故事。

然而，这还不算最神奇的，因为汉斯·克劳特所知道的远不止这些。

他还知道所有关于月亮天使、月亮路、月亮花园和月亮屋的故事，他有时会给这个小男孩讲关于他们的故事。

那才是最最神奇的，因为所有其他的故事都只是神话，而他所讲的月亮故事全是真实的。

"你亲自到月亮路上去走过吗？"戴维问道。

"当然啦。"汉斯·克劳特答道，"就像我坐在这里一样真实。起初，我也不知道怎样去月亮路上行走，因为我以前没学过这种技巧。尽管我知道凯瑟琳，"——凯瑟琳是汉斯·克劳特的妻子——"凯瑟琳是那样去的——我的意思是沿着月亮路——跟月亮天使一起。所以我反复尝试过，渐渐地我就学会怎样做了。有一个夜晚，我来到海岸边，"汉斯·克劳特说道，"碰巧那条月亮路正伸向月亮。我知道，这是到上面去散步的大好时机，因为这时月亮既不是高高在天上，也不是低低到地下。这时一个巨浪在朝着海岸冲来。那浪峰正巧涌到了月光带上。我觉得这时我必须站到那上面去，于是我迈出了脚步。可是正当我这样做时，我感到很害怕——哇，掉进水里了！顿时海水淹没了我的脑袋和耳朵。哎呀，这是怎么啦？于是我爬了上来，回家去了。可我还是不肯放弃——我绝不会放弃的。第二天我又去了海边。还是那条月亮路，还是那样的巨浪，月光带正巧伸在浪峰上。我又迈出了脚步，这一次我没有害怕。这一次，信不信由你，我绝对没有掉进水里。尽管如此，我还是不得不从那一个浪峰跳到另一个浪峰上，因为月光在我的脚下滑了开去。月光像玻璃一样光滑。我跳到了又一个浪峰，又一个浪峰，又一个浪峰，然后，我终

于站稳了，仿佛我的脚下有了碎砂石，我在上面奔跑着，就像你在海岸边的砂石路上奔跑一样。然后渐渐地，那月亮路就像是缀有银白色草叶的一缕纯光，我一直往前跑，就像你穿过田野往山上跑那样。"

"你到月亮上去了吗？"戴维问道。

"没有，"汉斯·克劳特答道，"那一次没有上去。我后来确实到月亮上去了的，但不是那一次。"

"月亮里面到底像个什么样儿呢？"戴维问道。

汉斯·克劳特看着他微微一笑，就像小孩子刚睡醒时那样——那是一个傻乎乎的、呆兮兮的微笑，跟月光本身一样，毫无表情。但是，在戴维看来，仿佛他的脸色变得很清白，明光闪闪的。他站了起来，取下墙上的小提琴，开始演奏。他不停地弹呀弹，小戴维坐在那里听着听着，奶娃子酣睡中眯眯笑着笑着，直到最后汉斯·克劳特演奏累了。于是，他把小提琴放在一旁，开始做鞋子，啦嗒嗒！这时奶娃子也醒了，并且伸手去抚摸戴维的脸。

"我希望你今后抽空儿教我怎样去月亮路上行走。"戴维说道。

"我会的，"汉斯·克劳特说道，"只要你是个乖孩子，好好照顾奶娃子。"啦嗒嗒！他又钉紧了一颗鞋钉。这时，戴维听见他母亲在喊他，他明白自己该回家了。

"月亮仔！"当他走在大街上时，汤姆·斯多特大喊道，"月亮仔！月亮仔！月亮仔！"别的男孩子和几个小女孩都跟着大喊起来。

小戴维回头朝后看了看，笑了起来。现在他不再在乎他们喊他月亮

仔，因为汉斯·克劳特已经答应要教他踏上月亮路的法子了，而如果有朝一日他果真到月亮路上去玩耍，可不是嘛，那他当然肯定是一个月亮仔啰。

戴维落水

在整整二十八又四分之一天里，至多只有一两个夜晚，月亮才能圆了又圆，这时，你才能到月亮路上去漫游。也许要过一段时间，一旦你对那条路十分熟悉，并且知道怎样开始行动，你就能漫游月亮路了，想什么时候去，就什么时候去。不过，你要知道，正如我所说的，在整整二十八又四分之一天里，至多只有一两个夜晚，你才能到月亮路上去漫步。那两个夜晚是在月圆后的第二天或者第三天。

我还要告诉你为什么会这样。这是因为，月亮十分圆了，在月亮初升时，就有足够的光亮照着月亮路。而当月圆过后时间太长，会有太浓的夜幕罩在你要去的地方。因为，当你在练习踏上月亮路时，天色既不能太亮，也不能太黑，而只能介于二者之间。

所以，在月亮圆了又圆的整整二十八又四分之一天里，合适的时间只能有两三次。

"昨天晚上，"汉斯·克劳特对戴维说道，"月亮圆了，你知道吗？"

"不，我不知道，"戴维说道，"可那又怎样呢？"

"嗯，我来告诉你吧，"汉斯·克劳特说道，"今天晚上是最佳时机，

我将教你怎样迈开步子到月亮路上去。"

"你要在今天晚上教我上去的方法吗？"小男孩大声问道。

"是呀，"汉斯·克劳特答道，"只要你愿意在日落后到我这儿来。"

傻乎乎的小戴维几乎不能相信自己的耳朵。

直到日落后他才能离开那个奶娃子，因为那个奶娃子哭一阵子又闹一阵子，闹够了又哭，戴维还以为她永远也安静不下来了呢。可是，她终于安静下来，而且她嘴里衔着大拇指，酣然睡着了。这时他才能离开她。他来到了弥漫着薄暮亮光的野外，那光还没有罩上夜幕。汉斯·克劳特正在鞋匠铺门前等候他，手搭凉棚在探望。

"嗨，戴维！"他说道，"我已经等候你好久好久了。"

"瞧，"戴维说道，"我到了。"

"哎呀，"汉斯·克劳特说道，"真的是你。你必须一半在这里，一半在那里。这样才能漫步走上月亮路。"

"我不明白你的意思。"戴维说道。

"你不明白？"汉斯·克劳特说道，便很淘气地大笑起来。

他牵着戴维的手，带着他走在村庄的街道上。那群小男孩和几个小女孩正在公共绿地上兜圈儿追逐着。鹅儿在嘎嘎叫着，牛儿在哞哞叫着，因为它们又被放出来在草地上过夜。在没有阴影的明亮暮光中，一切都显得奇怪、灰冷和安静。这时，那些小男孩和小女孩不再玩耍了，站在那里看着汉斯·克劳特和那个傻乎乎的小戴维。接着，他们就跟在他俩的后面吆喝起来。其中还有几个在念叨："汉斯·克劳特，汉斯·克劳特，

你已经智穷才竭，智穷才竭！"

还有些孩子在戴维的身后喊叫道："月亮仔！月亮仔！"

戴维抬头看着汉斯·克劳特的脸庞，显得十分怪异，这着实让戴维吓了一大跳。

就这样，他们两个手牵着手，一起继续往前走。不一会儿，他们走出了村子，一直沿着大海的崖岸走去。他们一路走着，在嶙峋的石径中攀上爬下，最后他们来到了一个戴维以前从来没有到过的地方。这里有一块岩石架子，在这个架子的脚下，海浪不断地从大海那边袭来，时起时伏，仿佛是大海在呼吸。暮光越来越幽暗了。戴维抬头观望。在暗淡的空中，只有一颗明亮的星星在放光。

汉斯·克劳特一动也不动地站在那里，一边握住他的手，一边朝着东方那紫灰色的天空望去。傻乎乎的小戴维抬起头，时而看看那颗星，时而看看汉斯·克劳特的脸，又偶尔看一眼前方的海水。天空越来越黑暗，渐渐地，灰色变成了暗蓝色。起初，整个东方呈现出一抹红光，仿佛阳光在离开了所有别的地方以后，又依恋着去了那边。过了一会儿，那抹红光也渐渐消退，变成了蓝灰色，看上去极像是一团乌云。这时，金黄的月亮不知从哪里缓缓升起来了。首先露出的是月亮的边缘，接着出来了半个月亮，最后整个月亮都出来了。接着，它慢慢地、慢慢地浮上来，像一个金色的水泡，浮升到了静寂而黑暗的天空。汉斯·克劳特的脸猛然一亮，仿佛是月光照在了他的脸上。"等一会儿。"他说道。

月亮越升越高了，小戴维紧张得屏住了呼吸。这时，那条月亮路就

伸展在海面上。"那边就是，"汉斯·克劳特说道，"现在你的时机到了。"

"我该怎么办呢？"小男孩问道。

"像士兵那样把脚迈出去。"汉斯·克劳特答道。

"可我的脚应该踏在哪儿呀？"戴维又问道。

"那儿，"汉斯·克劳特答道，"难道你没看见浪尖上的那条光带吗？

就踏在那个浪尖上，然后你就知道接下去该怎么做了。"

可怜小戴维的脑海里似乎在天旋地转了。那个海浪越来越靠近了。"预备，起，"汉斯·克劳特喊道，"像士兵那样把脚迈出去——快！"

于是，戴维按照汉斯·克劳特的命令做了。他趁海浪撞击在岩石上时，迈出脚步踏上了那个浪峰。他似乎觉得自己有一阵子是站在那条滑溜的光带上了；接着他突然感到非常害怕。"啊，我要掉下去了！"他尖叫道。然后——哇，落水啦！他挣扎在深海水里，呛着，急流淹没了他的脑袋。有一次，他浮出了海浪尖。他瞥了一眼月亮，又瞥了一眼汉斯·克劳特，然后，他又沉下去了——挣扎着，喘着。突然有人抓住了他的衣领——原来是汉斯·克劳特。又过了一会儿，他就像一只快要淹死的小猫那样被拽到崖岸上来了。他喘着气，噎住了，又喘了一口气。然后他就开始哭喊了。汉斯·克劳特似乎被他的所作所为吓呆了。他在那里站了好一阵子，看着戴维，而戴维还在颤抖、摇晃和哭喊，然后，他转身回村子里去了，那个小男孩一路小跑着跟在他后面，仍然在哭喊着颤抖着，咸海水和咸泪水从他那可怜巴巴的瘦削的小脸上不断滴落下来。

在戴维家的门口，汉斯·克劳特没有停下来告诉他们发生了什么事。他匆匆忙忙回家去，仿佛他是在逃跑似的。戴维的父亲正坐在那里修补渔网。他抬头一看，只见戴维浑身湿淋淋的，战战兢兢地爬了进来。"又是打雷又是扯闪的，"戴维的父亲说道，一边从嘴里拔出烟斗，"小娃子呀，你到底怎么啦？"

"我本想到月亮路上去走走的，"小戴维答道，"结果却跌进海水里了。

就这么回事。"

"本想到月亮路上去走走！"戴维的父亲惊诧道，"你这娃子究竟是什么意思呀？"

"汉斯·克劳特带我去海边，"戴维答道，"教我看月亮路，还教我怎样走上去；可是，当我迈步朝上走时，我突然一惊吓，就掉到海水里去了。"

戴维的父亲坐在那里惊讶地看着他，他那弯曲的棕褐色的手上还握着烟斗。"你这是满口胡说些什么呀？"他说道，"汉斯·克劳特，对吗？他教你看月亮路？嗯，看来你不能再去跟汉斯·克劳特一块儿胡混了，因为他神经不正常，不知道自己的所作所为。玛格丽特，你来把这娃子带过去，要他去睡觉。哎呀，他真的是冻透骨髓了！月亮路！那个神经兮兮的鞋匠将来还不知是谁的克星哩！"

所以，母亲把戴维送到了床上，而戴维自己就哭呀喊呀睡着了。

月亮天使

　　从那以后有好一阵子，汉斯·克劳特似乎很害怕戴维。他不肯在大街上跟那个小男孩说话，甚至当戴维来到鞋匠铺时，他也不想演奏小提琴了。他更不愿意给戴维讲公主的故事，公主住在玻璃山上，大门口有三头狮子，以及那位王子，他的手腕上戴着红镯子。他曾答应给他讲这个故事的，可现在他不想讲了。他只是一个劲儿地缝呀，敲呀，修补鞋子，仿佛他不再想别的事了。

　　"你还在生我的气吗，汉斯？"戴维问道。

　　"我没生气。"汉斯答道。

　　"那是有啥事呢？"戴维又问道。

　　"啥事都没有。"汉斯说道。

　　"可你不想给我讲那个故事啦？"戴维问道。

　　"我不想讲。"汉斯说道。

　　"为什么呢？"戴维再次问道。

　　"因为鞋匠王不让我使用鞋匠蜡了。"汉斯说道。

　　"鞋匠王是谁？"戴维追问道。

“别问了。”汉斯答道。

戴维坐在那里长时间地看着汉斯。“晚些时候，你再教我看月亮路，好吗？”过了一会儿，他又问道。

“我不知道，”汉斯·克劳特头也不抬地说道，“看情况吧。”

“看啥子情况嘛？”戴维说道。

“要看鞋匠王的吩咐。”汉斯说道。

于是，整整一个月，汉斯·克劳特总是呆头呆脑，一声不吭，迷迷糊糊的，很不愿意跟戴维说话。他甚至不想见到那个戴维，所以，戴维只好独自走开，到别处找乐子去了。

每逢这种时候，他常去海岸边的一个地方，他把那个地方称作自己的海屋。那是一块很小的砂砾地，四周有巨岩围着。有一个小水潭，长满了海草，水里有各种稀奇的生物——有海葵啦，螃蟹啦，甲壳鱼啦，等等。那儿的一切闻起来全是咸的，放眼朝外望去，可以望见大海，阳光高照，在海浪上闪耀晃动。那就是戴维感到寂寞时，独自带着奶娃子，经常去的地方。

也就是在那里，他第一次见到了月亮天使。

事情是这样的：奶娃子一直在闹呀哭的，戴维的母亲很生气，因为前天晚上，她一直在熬夜照料可怜的小芭芭拉·斯多特，芭芭拉病得很厉害，为了让母亲小睡一下，也为了让她不生气，戴维就把奶娃子带出去，而他一走出去，她就把大拇指塞进嘴里，不哭了。太阳高照着，温暖而明亮，戴维就带着奶娃子，去了他的海屋。海风在吹拂着，他就坐

下，望着外面的大海，看着那些时起时伏的巨浪，好像大海在作着漫长的深呼吸，那些巨浪在岩石间嘶鸣哀叹，仿佛沉睡的大海在喃喃低语。在海浪的表面，又有许许多多的小浪花在晃动，在蹦跳，在闪烁，在发光，好像微风在后面追赶它们似的。一群海鸥盘旋在海面上，掠过头顶，俯瞰着戴维，在阳光下"哈哈哈"地大笑着。

于是，戴维就坐在那里，遥望着广阔、晶莹、深沉、起伏的海水，以及那些跳跃的小浪花，那个奶娃子躺着，把大拇指衔在嘴里，也在仰望着蓝色的天空。

就在这时，他第一次见到了月亮天使。

"为什么今晚不试试月亮路？"一个声音在戴维的身后说道。戴维迅速掉转头来，奶娃子也掉转头来，因为她和戴维都听到了那个声音。

起初，戴维以为是鞋匠汉斯·克劳特，然而不是他。原来是月亮天使。

戴维一眼就看出他是谁了，因为戴维是那种非常敏感的人，他能够透过磨盘的方孔，看清楚背面，所以，戴维一看见他，就知道他是月亮天使。月亮天使的脸闪耀着银子般的白光，他的头发飘散开来，就像月亮周围明净的云。他身披着一件不显眼的银白色的长袍，长袍的下摆一直垂到他那双赤脚上，而且尽管那长袍十分平凡，银白色也不显眼，然而却缀满了闪烁的小星星，恰似那银灰色的天空，当月圆之时，到处都有星星在闪烁。

这都是戴维亲眼所见。

在大多数人看来，月亮天使似乎是很可怕的。因为只有极个别的人，

就像月亮仔戴维那样，能够看见他的真实面貌。月亮天使的脸熠熠生辉，头发散披着，那不显眼的银白色的长袍缀满了闪烁的小星星。

戴维脱掉帽子，那个奶娃子笑了，还没有把小手指从嘴里拿出来。"我想再试试，"他说道，"我的确试过一次，不过我没能成功。"

"为什么？"月亮天使问道，他微微一笑，直笑得满脸像月亮一样闪耀着洁白之光。

"我感到害怕，掉进水里了。"戴维说道。

"不过，你本不该感到害怕的。"月亮天使说道。

"可是我身不由己呀。"戴维说道。

"汉斯·克劳特后来做什么去了？"月亮天使问道。

"他回家去了，"戴维答道，"而且，从那一天起直到今天，他就闭口不提月亮路的事了。"

月亮天使又笑了，他的脸比先前更灿烂了。

"好吧，"他说道，"汉斯·克劳特是个老好人，是我的一位密友。他会教你方法的，而且在这附近还没有人能够给你指路。快去找他吧，就跟他说，今天晚上他必须教你到月亮路上去漫步的方法。"

"我该告诉他谁指派我去的呢？"戴维问道。

"告诉他，是鞋匠王派你去的。"月亮天使答道。

"啊，是的，"戴维说道，"我现在明白他说的鞋匠王是什么意思了。"

"是的，"月亮天使说道，"那就对了。嗯，然后，也许一会儿之后，我还会见到你。只是这会儿我很忙。再见。"

戴维还在注视着月亮天使。月亮天使的亮光在渐渐减弱，消退，最后完全消失了，他曾经站着的地方，这时什么都没有了，只有天空和巨岩。戴维感到十分惊奇，不知道他是否真的见到了天使——他所看到的真是天使的面容，或是仅仅在巨岩之间闪耀着光亮的天空。

　　后来他才知道，他确实见到了月亮天使，因为恰巧在这以后不久，小芭芭拉·斯多特的母亲大哭起来，双手合掌，许多邻居也跑了进来，发现那个可怜的小女孩小芭芭拉·斯多特已经死了。

　　不过，戴维并不知道这一切。他站了起来，抱着奶娃子，去找汉斯·克劳特，对汉斯·克劳特说，自己刚才看见了什么，以及月亮天使对自己所说的话。"是的，"汉斯·克劳特说道，"那正是尊贵的鞋匠王殿下，千真万确。好啦，好啦，既然他这么说了，我就在今晚带你去看月亮路，我们就再试试。"

　　"你觉得月亮天使来这里有什么事呢？"戴维问道。

　　"他是来把患病的小芭芭拉带到月亮花园去的。"汉斯·克劳特说道。这时，他取下小提琴，开始了他在这个月里的第一次演奏，戴维坐下倾听，那个奶娃子睡着了。

　　那个夜晚，汉斯·克劳特又把戴维领去看月亮路，因为那一天正值月圆。他们像往常一样一块儿出发了。出了村子，沿着砂砾路走下去，最后他们来到了以前去过的那个地方——就是那块岩石，正迎着由远方辽阔海面袭来的巨浪。他们又坐在那里等呀等呀，这时，天空从玫瑰红变成灰暗，又从灰暗变成紫色，再从紫色变成乌黑。月亮终于升起来了，

把大洋上空的天边涂抹成了蜂蜜般的金黄。最后月亮像小水泡那样浮升上了天空——然后，像以前一样，就出现了那条月亮路。

"现在，瞧，"汉斯·克劳特说道，"一条很明显的光带搭在那边的海浪尖上了。记住月亮天使的叮嘱——快！像士兵那样迈出步子。注意啦——预备，起！"

戴维的确想起了月亮天使的叮嘱，几乎是不知不觉地迈步踏上了那个海浪。这一次他不害怕，紧接着他就站在那光带上了。那光带似乎就在他的脚下滑动，仿佛是活动的。他险些跌倒，不过他一点儿也不害怕。又一个海浪袭来了，浪尖上连着一条弯曲的扭动的光带。戴维不失时机地踏了上去，居然没有跌倒。接着又一个海浪袭来，他又踏了上去，然后是一个又一个的海浪。每一个碎光片越来越比他刚离开的那片更靠近他，他几乎是不知不觉间跨过了那些不再是断断续续的光带，而他觉得这似乎是一条移动着的、不断变化的、金光闪闪的砂砾路。

他仰望着天空，月亮已经不再从海面升起。

它高悬在那里，浑圆浑圆的满月，就在地平线的上方，是一个巨大的亮泡。

这时候，戴维甚至离开了那条砂砾路，不知不觉地跨过了那似乎是一大片亮光、完全覆盖着柔软的银光闪闪的草地。

他周围的一切散发着微光，抖动着，闪亮着，而且他感觉到那亮光在升腾，直扑到他的双眼和脸上。

微风吹拂着他的头发。

他觉得很快乐，不知道该做什么才好。他蹦跳着，嬉戏着，就像一只小羊羔在草地上蹦跳嬉戏一样。

在戴维看来，月亮好像是奔他而来，它似乎越来越大了——其实是他越来越靠近月亮了。它不再像是一个水泡，实际上像是一个巨大的圆光球。

这时，他大概还不知道，他已经置身于地平线的边缘，在他的前面只是一派虚空。

唯有那个大月亮像一座大教堂似的在他的头顶上冉冉上升。

戴维一动不动地站在那里，抬头望着它。

咔嗒！那是什么呀？突然，一扇半掩着的门敞开了，里面站着一个小老头，像黄昏一样灰暗，长长的白头发，穿着十分古怪，满脸都是蜘蛛网般的银白色皱纹。

原来他就是月中人，正在拿着一根长烟管抽烟。

"戴维，你好呀？"他说道，"你想进来吗？"

"啊，当然啦，"戴维说道，"我很想进来哟。"

"那正好，"月中人说道，就把大门的另一半也打开了，"小心！把你的手给我伸过来。"

月中人向戴维伸下手来，戴维向月中人把手伸上去。

"预备，起！——跨大步，上！"月中人说道——于是，戴维就进了月亮屋的大门。

这时，月亮徐徐升起，升上了高空，飘走了，同时，月中人关上了大门——咔嗒！

月 亮 屋

　　说实在的，有时候我觉得，我宁愿去月亮屋，而不愿意去我熟悉的任何别的地方。我在月亮天使的天书里读到了所有关于它的描述，所以对它的景象我了如指掌——这就是我为什么极想去看看的原因。有些人对月亮屋害怕得要命；在他们看来，那里似乎是苍白的，阴冷的，糟糕透了。那是因为他们只看见它的表面，而对里面的情形一无所知。它并不是那些人所想象的那样，那是一个非常宁静、美丽、可爱的地方，从它的后门，你会踏进一个乌有邦的背面去。我过去也曾像他们当中大多数蠢人一样，非常害怕月亮屋。

　　有时候我在夜间做梦就梦见过它，我觉得它差不多是一大片白茫茫的虚空，从那里你根本看不见任何东西，在里面你听不到任何声音，摸不着任何物体，茫茫然一无所有。后来有一天，月亮天使胳膊下夹着他的那本天书来到我跟前。

　　"你想知道关于月亮屋的故事吗？"他问道。

　　"是的，我很想。"我答道。

　　"很好，"他说道，"那就请看吧！"

他把天书打开，我就从他的肩头看过去，细读起来。那本书全是讲月亮屋的，于是我读呀，读呀，一口气读完了。从那以后，我就再也不怕月亮屋了，因为现在我对它已经非常熟悉，那是一个非常神妙的、不同寻常的、稀奇的、怪异的、奇幻的、美丽的地方，那地方是人们可以进去，还可以再出来的。

因为当然啦，没有人想永远住在月亮屋里——也就是说，谁也不想，只有月中人，他是不会介意住在月亮屋里的，就像猫咪不会介意待在厨房里一样。

月中人带领戴维登上前梯子进入了月亮屋，里面的一切全都闪耀着明亮的白光。他们上了一截楼梯，又上了一截，走了很长的一段路。渐渐地，他们来到了一个圆圆的大房间，这就是月亮屋的一楼。这是月亮厨房，月中人在这里生火做饭，酿酒泡茶，缝缝补补，因为这里堆满了各种各样的零碎杂物，全是人们见过听说过又遗忘了的东西，而且，这些物品比人们所见所闻所记得的还要多千万倍。

来到那里，月中人就坐下来，看着戴维，戴维也凝视着月中人。在他身上有一种东西好像——好像——戴维不知道是像汉斯·克劳特，还是像月亮天使——也可能二者都不像。

其实，他就是月中人，跟我一样，他根本不像汉斯·克劳特，也不像月亮天使。

这时候月中人开始大笑起来。"好啦，"他说道，"戴维，你到了。"

"是的，"戴维说道，"我到了。"

"那你觉得这地方怎么样？"月中人问道。

戴维向四周打量了一遍。"这地方我非常喜欢，"他说道，"要是我能确信在这底下有人照看奶娃子就好了。"

"这个你就别担心了，"月中人说道，"你已经把你自己的一部分留在底下那里了，那一部分会把奶娃子照看好的，就跟你往常亲自照看的一样好。"

"你这是什么意思呀？"戴维问道，"我把自己的哪一部分留在底下了？"

"你把你的帽子、衣服和鞋子留在底下了，"月中人说道，"这些除了你自己，底下是谁也不知道的。"

"那些物件能跟我自己一样照顾好奶娃子吗？"戴维问道。

"它们能。"月中人答道。

"那我就完全喜欢这地方了，"戴维说道，"至少能安心待些时日了。"

"你想上楼去，从窗口朝外看吗？"月中人说道，"那是所有来这儿的人最想做的事了。"

"他们都看见什么了呢？"戴维问道。

"他们看见的是无底洞。"月中人说道。

"我很想看看这个。"戴维说道。

"那你就跟我来吧。"月中人说道。

他说罢领路又上了一段楼梯，来到了二楼。

那是一个大房间，地板跟玻璃一样又平又光滑，有十二个水晶体做

的大窗子，从那里可以朝外望。从那些窗子里，你能看到所有你听说过的和没有听说过的人和事，因为从那些窗子里你能，就像月中人所说的，看见那个无底洞。

"这边来，"月中人说道，"你可以从这个窗子朝外看。"

他一边说一边把窗帘拉开，戴维就走过来朝外看。

显然，如果你从一个普通房屋的窗子朝外看，你所见到的物体都在远处。那是因为你不是在月亮屋里从月亮窗朝外看的。当戴维朝窗外看时，他所看到的物体全都近在眼前。那是因为他是在月亮屋里从月亮窗朝外看的，而不是在普通房子里从普通窗子朝外看的。

戴维所见到的情景是这样的：

他突然发现自己来到一条宽阔的大河边，河水在懒洋洋地缓慢流动着，河岸上挺立着齐头高的各色杂草。头顶上是万里无云的天空，空中的太阳光芒四射，像火焰一样炙热。有一条船在顺流而下，一面古怪而弯曲的船帆伸开了，希望刮来一阵微风，尽管这时没有一丝儿风吹拂，三个人正在划船，船桨划破水面，在阳光下闪闪发亮。

戴维对于这一切十分陌生，但他又觉得出奇地熟悉。

他想象不出为什么这样熟悉，最后他记起，他曾听见水手尼德·斯特朗对父亲说起过的正是这个地方，那是他在游历时亲眼所见的，而且都在那里发生过。

这时戴维才知道，这个地方就是非洲。

天哪，天哪，太阳光炙得好热呀！戴维想，他要是戴着帽子来就好

了。当你从高高的青草丛望过去时，那平展展的大片青草似乎在热浪中瑟瑟颤抖。那全是青草，是一眼望不到边的青草。

帆船越来越近了，就像尼德·斯特朗所讲述的那样。这时已经非常靠近了，戴维可以看清楚船上的一切，仿佛他正在仔细查看一艘海轮，就像尼德·斯特朗做过的那样。在船里面，在那几个划船的人旁边，有一大群黑人——男人和女人——每个男女都一丝不挂。那些可怜的黑人全都用粗大的长绳索捆绑在一起，每个人的脖子上都戴有一个木圈，绳索都牢牢系在这个木圈上。

戴维还记得，尼德·斯特朗说过这些都是奴隶，他为他们感到极度难过，这是他一生从来没有过的感受。那些可怜的奴隶坐在那里直瞪瞪地望着正前方。他们看上去很害怕，饥饿难忍，骨瘦如柴，他们的肋骨像木桶箍，正如尼德·斯特朗所说的，他们的肚子全都饿瘪了，胳膊和颈项全都皮包骨头。然而，他们还是耐心地坐在那里，纹丝不动，就连苍蝇在他们身上爬，他们也没有力气去撵。

有一个少妇端坐着，让她的小宝宝躺卧在她的膝上。她是黑人中坐得最安详最耐烦的，因为她已经死了，不过谁也不知道。

不久，一个穿着宽松长袍的男子，头戴着一顶土耳其毡帽，下到跟船身一样长的船甲板上。当他走到那个少妇跟前时，停了下来，看了看她，发觉她已经死了，不过那个婴儿还活着。于是他唤来了几个仆从，让他们去把她身上的绳索解开，因为这个女人留着再也没有用了，所以，他们把她扔到大海里去了。

戴维忍不住哭了。

那婴儿还躺在船上，这时，那个身穿宽松长袍头戴毡帽的人把他抓了起来，也跟他母亲一样，被扔进海水里去了，因为他也没有用了。戴维大声尖叫起来。

啊，看哪！一切都像闪电一样消失了。戴维这时所看到的是大河的底部，周围的一切只是河水。随着河水的缓慢流淌，大片大片的长水草在缓慢地扭摆漂转。在上方，戴维可以看见那艘帆船圆圆的船底在缓慢地移动，船桨还在划水，在河水平滑的表面搅起一个个金色的圆圈。在下方的大河底部，在水下，非常凉爽舒适，那个黑人少妇和黑人婴儿相隔不远地躺在那里，各躺在一席柔软的绿水草中。

这时，有一个人走了过来，穿过那大片大片清凉的长水草。原来那是月亮天使。他来到黑人少妇躺着的地方，拉住她的手。于是她站了起来，环顾着她的周围。月亮天使抱起那个婴儿，把他放在她的臂弯里。

"好啦，"他说道，"我们该动身了。"

那个黑人母亲，怀里抱着她的小宝宝，跟在月亮天使后面，并在他的带领下浮出了水面，进入了一座花园，花园里有许多孩子在做游戏。当月亮天使带领那个黑人少妇和那个婴儿穿过花园时，他们都停下来，不做游戏了。

戴维打量自己周围，发现这是一座美丽的花园，到处都是鲜花，远处有一片草地，沿着河边有一排大树，在那边很远的地方，有一座大城市，在阳光下映衬着蓝天，闪耀着白光。

这时，戴维才明白，那些孩子是从那座城市来的，他们的老师把他们带出来，是到花园里去玩耍的。

（那时候他并不知道，这是月亮背后的许多花园中的一座。）

孩子们都和戴维一起，跟在黑人少妇、她的小宝宝和月亮天使后面，他们的老师也不阻拦。

黑人少妇把身边的孩子打量了一番，开心地笑了，孩子们也都笑了。

"你要去哪儿呀？"戴维对那个黑人少妇喊道，"月亮天使要把你带到哪儿去呢？"

黑人少妇回答了他，不过，尽管戴维是个月亮仔，他却听不懂她说的话，因为她的语言只是极少数人运用的语言，并不是人人都能听懂的。

渐渐地，戴维发现，孩子们不再跟在月亮天使、黑人少妇和她的小宝宝后面了。这时，他听见有人在喊他。他环顾四周。原来是月中人。

"站住！"月中人喊道，"回来！你不能再往前走了。"

"为什么呀？"戴维问道。

"因为你已经走到乌有邦的尽头了，"月中人答道，"如果没有月亮天使引领，谁也不可以进一步的。"

"不过，我还是想看看她要去哪儿。"戴维说道。于是，月中人往前跑去，抓住他的外套，把他拉了回来。

就在他这样做时，前方突然闪过一阵强光，照彻了四周，照得戴维眼花缭乱。在这刺眼的强光里，戴维什么都看不见了，而且，他一动不动地站在那里，浑身直发抖，吓得要命。接着，他听见远处传来了某种

类似炸雷的声音。

然而，那不是雷声；那是成千上万的人在一起的说话声，是以多种声调混杂唱出来的歌咏声，既像是众水的奔流声，又像是遥远的乐器演奏的巨大轰鸣声，还像是远处传来轰隆的雷声。

月亮天使、黑人少妇和小宝宝都不见了，只剩下白光和噪声。

啊，是的，宝贝孩子呀！因为对于一个将要进入天堂的可怜的黑人少妇来说，是有许多欢乐和幸福的。

突然，视线隔断了，戴维发觉自己就在月亮屋里面。月中人把窗帘拉下来遮住了窗子——全都结束了。

"可是，那个黑人少妇和小宝宝到哪儿去了呢？"戴维问道。

"这个呀，"月中人答道，"你只有去问月亮天使本人，假如你什么时候遇见了他的话。不过请告诉我，你喜欢刚才所见的情景吗？"

"很美，"戴维说道，"尼德·斯特朗并没有把我刚才所看到的情景全都对我父亲讲。他只是讲了那些可怜的奴隶，以及那个少妇和小宝宝怎样被扔进河水里去了。"

月中人笑了。

"对的，对的，"他说道，"那是因为他只看到了事物的表面。如果尼德·斯特朗也能到这里的月亮屋来，而且在二楼的窗子朝外看，就像你所做的那样，他就不会不厌其烦地大讲表面现象了，那些相对于事物的内部来说，就跟蛋壳与里边的蛋黄、蛋清一样，是没法比拟的。"

"可是，"戴维说道，"为什么一定要有这种表象呢？为什么可怜的

黑人少妇不得不受尽折磨，活活饿死，为什么可怜的黑人婴儿非得活生生地被扔进水里去呢？其余部分倒是很美的，不过，那还是太可怕、太悲惨了。"

月中人又笑了。

"因为，"他说道，"凡事有里也就必有表，反之，没有表也就不可能有里。宝贝孩子呀，这是确实无疑的：表面越悲惨，里面就越美丽。不过，好啦，你现在必须去干活了。你朝窗外看的时间够久的了。明天晚上还要看些别的东西，可现在你该去干活了。"

于是，月中人带领戴维上了月亮屋的三楼，在那里，头顶上只有空荡荡的天。戴维看到的第一件东西就是一个大篮子，里面装满了各种各样大小不同的星星。有的闪着白光，有的闪着蓝光，有的闪着玫瑰红光。光亮从星星里闪耀出来，结果使周围的一切都披上了一层朦胧的薄光。

戴维尽可能地睁开双眼直视着，因为能够像他那样进入月亮屋三楼察看的人实在寥寥无几——看见了那个大篮子，装满了明亮的星星。

在篮子的旁边，有一包羊毛布。

"这就是你的工作，"月中人说道，"就是用羊毛布擦星星，以便在月亏期和天空再次暗下来时，那些星星能放射出明亮的光来。"

戴维在那条长木凳上坐下，拿起了一颗蓝色的大星星。他对着星星吹了一口气，便用羊毛布擦了起来，因为他不停地擦拭，那颗星就越来越明亮了，并且随着光照而搏动、灼热和震颤起来，仿佛它是有知觉的。

只有当戴维把它握在自己的手里，用羊毛布擦拭它时，他才知道一颗星星能有多美。

也许，你很难相信这是事实。也许，一些社会精英，鼻子上架着眼镜，他会对你说那是一派胡言。嗯，好吧，也许那是一派胡言，但是有时候，在无足轻重的胡言乱语里比在一大堆土豆里，包含着更多实实在在的真理。你所必须做的，就是要在月圆时仰望天空，亲自观察，天上几乎看不到星星了，那些为数不多的十分微弱暗淡的星星根本就不能发光。那是因为有人在月亮上用羊毛布擦拭其余的星星，要使它们在天空再度变

黑时大放光明。

月亮上还有少数几颗星星没有擦拭。那些是要送给阳光孩子们在太阳炉里去熔炼的。

这并不全是胡言乱语。

月亮花园

就这样，戴维在月亮屋住了十二天，每天当他无事可做时，他就朝月亮窗外看。

每一次他朝窗外看时，看到的都与前一天所看到的不一样。

有一次，他看见了一个热带森林，森林里许多蔓生葡萄藤悬挂在大树上，像巨大的帘子，到处都是红花、黄花和蓝花，在远处林子外边是大海，那里生长着红树林，低垂在水边，那里还有黑螃蟹，身上缀满了小小的红斑点，摆扭着长腿在又高又细的树根之间爬进爬出。海风呼啸着从棕榈树叶间疾驰而过，各种各样的鸟雀和稀奇古怪的虫子嗡嗡地掠过他的身边。

因为这根本就不像是从普通窗子朝外看的。

戴维觉得仿佛自己是在真实的林子里散步，所有这些生物都嗡嗡地活动在他的四周。啊！宝贝孩子，我跟你说呀，总是有些东西值得从月亮窗往外看的。将来总有一天，你自己会看到那景象的，因为每个人迟早都会从月亮窗朝外看，而且，这也不全是胡说八道。

又有一次，当他们在幽暗的北海游荡时，戴维看到了冰山在闪烁着

明亮晶莹的蓝光、绿光和红光。他觉得，自己似乎是走在大块大块的浮冰上，大群大群的海豹和海象，就像一块块黑斑似的分散在白色的海岸边。北极光如同白紫相间的旗帜在空中飘扬，而奇特的小个子爱斯基摩人——男人、女人，大人和孩子们——全都穿着毛皮衣，在他们的冰屋里爬进爬出。

还有一次，他仿佛登上了一艘巨轮，当它朝着东印度群岛驶去时，船帆涨得满满的；行驶过大洋时突然遭到暴风雨的袭击而偏离了航线，船头下方涌起了阵阵巨浪，许多小海燕从船尾的波浪间掠过，等候着厨师把美味扔到船外来。

巨大的海浪翻滚起伏，喧嚣声响彻云天。高大的桅杆连同那些乱作一团的绳索在空中摆来荡去，咸涩的空气席卷了阴冷潮湿的甲板。这就是有名的航海天气。

所有这些事物都是戴维从月亮屋的窗子外面看到的——恰似他就生活在他们中间，如同你到户外去，就生活在户外的事物中间一样。不过，我给你讲的只是他所看到的外表。

戴维老想也看看里面——那大片纠缠着的毫无意义的热带森林在怎样运作活动，并以其巨大的生命力，使事物保持着一定秩序，说不定哪一天人们可以在那里生活居住；那广大的地球怎样沉睡在极度寒冷的冰原之下，等待时机到来时也像热带森林一样活动运作；那船长、超级货船、水手们心想，正在运载印花布和棉布给远东苦力们的那艘巨轮，在怎样真心实意地把古老的东西运到月亮天使那里，好让他把它们再翻新。

这些都是戴维亲眼所见。

日子就这样一天天地过去，每天晚上，月中人就来把戴维擦光了的星星取走，并把它们嵌在空中固定的地方。如果你仔细观察就能亲自看到。因为当月亮圆了以后，天空就会越来越黑，星星的数量会越来越多，因为月中人把星星都放回原位了。

这时候，戴维开始察看与月亮屋有关的奇之又奇的事物了。

月亮屋一天天地变得越来越暗了。渐渐地，月亮屋的一半变黑暗了，另一半却照耀得如同闪光的银子一样白。渐渐地，月亮屋的四分之三黑暗了，只有四分之一还亮着。渐渐地，整个月亮屋都黑暗了，只剩下一点点银光的边缘了。

每过一天，十二个月亮窗中敞开的就越少。渐渐地，有六个关闭了，还有六个敞开着。渐渐地，已有九个关闭了，只有三个还开着。渐渐地，它们全都关闭了，整个二楼都黑暗了，就像夏日的下午你被送进一个暗室里去睡午觉一样。

每过一天，三楼篮子里的星星也越来越少。渐渐地，篮子的一半空了。渐渐地，篮子的四分之三空了。渐渐地，整个篮子都空了，只是在篮底还有零零散散的几颗星星。最后，星星全都消失了，月中人这才上楼来，把通往三楼下面的活板门关上，用一把扣锁锁上，并把钥匙放进自己的口袋里了。

他这样做，因为不允许任何人进入月亮屋的三楼，除非是他们要去擦星星。

在月亮上就是这样——在任何别的地方，对待所有人，都是这样。

所以这时候，月亮已经全部关闭，都变黑了，一切都是灰蒙蒙的，就像大白天走进密封的黑屋里一样。现在上二楼去已经没有用了，因为所有的窗子全都关闭。于是，戴维下到月亮厨房去消磨时光，看月中人穿针引线，上线掌底，内修外补那些人们见过听说过又忘却了的稀奇物件。月中人不做这些时，他就会在火炉前做饭，炒菜，或者在铺床；如果这些他都没有做，他就会在蜡烛光下阅读历书。至于那些故事——尽管汉斯·克劳特擅长讲故事，可月中人知道的比他还要多十几倍，而且他还会演奏小提琴，所以归根结底，在月亮黑下来的那段时间里，对于戴维来说，是非常枯燥无聊的。

后来有一天，发生了一件奇异的事，有人在月亮屋的二楼唱歌，而当戴维朝楼门口的楼梯间看上去时，他看到一线亮光透过门缝和锁孔射了出来，仿佛在门里面点燃了一支很亮的蜡烛。

戴维坐在那里看着，听着，感到很纳闷儿。"那是什么呢？"他对月中人问道。

"你自己去看看吧。"月中人说道，没有抬头看他，眼睛直盯着历书。

"我自己？"戴维问道。

"当然啦，"月中人答道，"你还想怎样呢？"

于是戴维慢慢地从他坐着的矮木凳上站了起来，走上那通往月亮屋二楼的又高又陡的楼梯。

他不知道还会发生什么事。

他在门口停下来倾听。那歌声越来越高昂了，听起来好像有许多蜜蜂在协调一致地嗡嗡哼唱。穿过门缝和钥匙孔射出来的那缕光越来越明亮了；好像是七百一十支蜡烛照在一个黑暗的房间里一样。戴维把门打开了一个小缝，朝里面窥看。

整个房间充满了亮光，原来是月亮天使自己在里面。

他站在戴维先前从未看见过的一扇敞开着的窗子旁边，站在那里朝外凝望着那黑暗的、静谧的、高深莫测的天空。

他在凝望着一颗明亮的星星，那颗星一会儿闪着红光，一会儿闪着蓝光，闪耀炫目，然后又是一会儿蓝光，一会儿红光。

他一直站在那里凝望着，凝望着那颗星，他的双眼里含有两颗闪亮的星星，就像他正在凝望着的那颗一样，他眼中的那两颗星一会儿闪着红光，一会儿闪着蓝光，闪耀炫目，然后又是一会儿蓝光，一会儿红光。而且，月亮天使在凝望那颗星星时，独自唱起了一支柔和而低沉的歌，这支歌你是无论如何都必须要洗耳恭听的。那就是戴维刚才听到的像许多蜜蜂在嗡嗡哼唱的乐音。

月亮天使一直没有转过脸来，或是看一眼别的地方，只是仰望着那颗明星，但是，当戴维凝视着他时，他知道月亮天使也在看他，尽管他表面上在目不转睛地凝望着那颗时而红光时而蓝光的明星。

虽然月亮天使一直在不停地凝望着，他还是对戴维说话了，仿佛这世上没有旁人似的。

"你好吗，戴维？"他说道，"请进来，把门关上。"

"谢谢你，先生。"戴维说道。他进去以后，随手把门关上了。

"你在做什么呀？"他问道。

"我在使旧事物获得新生。"月亮天使说道。

戴维站在那里看着月亮天使。而月亮天使还站在那里凝望着那颗星，自顾自地唱着歌。那是他使旧事物获得新生的一种方式。他毫无表情地站着，他说话时也是这样。他一直在把旧事物翻修成新生事物。

这是月亮天使的职责，也是他存在和行动的缘由——这样他就可以使一个物体永远不会衰老。

"嗯，戴维，"他终于说道，"你是一个好孩子，工作做得很出色。现在，你将会获得三天的休假。"

"谢谢你，先生，"戴维说道，"我应该去哪儿度假呢？"

"你应该，"月亮天使说道，"去月亮花园。那是外界最好玩的地方。"

"月亮花园？"戴维问道，"那地方好是好，可我怎样去那里呢？"

"从后梯子下，再从后门出去。"月亮天使答道。

"谢谢你，先生，"戴维说道，"那我什么时候去呢？"

"你现在就可以去。"月亮天使说道。

"谢谢你，先生，"戴维再次说道，"不过，后梯子在哪儿呢？"

"你自己去发现吧。"月亮天使说道。

戴维环顾了一下四周，发现后梯子就在眼前。他感到很奇怪，自己先前怎么就没看见，正如我们大家常有的那样，偶然撞上——才意识到正是月亮屋的后梯子。

后梯子就在眼前，而最奇怪的是，戴维发现了它以后，再也没有别的办法可以走出月亮屋的二楼。

　　是的，是很奇怪，可这就像太阳在蓝天上一样，是千真万确的。戴维是这样，大家也都是这样：你一找到月亮屋的后梯子，你就看不见前梯子了，而且，再也没有别的办法走出二楼；如果你要找前梯子，你就可能要找到头昏目眩，可你刚一移步，你就能找到后梯子。每一次，你

只能看见一副梯子——不是前梯子，就是后梯子。你想找到哪一副，就能找到哪一副，不过，你不能同时找到两副。如果你想找前梯子，而且找到了，那么就会看到远方的月亮路和地球，如果正是大潮时，无论什么时候，你想回去就能回去。但是，如果你想找后梯子，而且找到了，前梯子就不见了，至于后梯子通向哪里，你就必须靠自己去发现了。

所有这一切，我说呀，就跟太阳在蓝天上一样，是千真万确的。真的，千真万确。如果空想家告诉你，说那不是真的，你千万不可听信他们。事实是，许多许多人，他们不知道自己在谈论什么，就发誓，就断言说，月亮没有后梯子，而一旦你告诉他们，说有后梯子，他们就讥讪嘲笑，或咯咯窃笑，甚至藐视你，也许会把你唤作月亮仔，就像村子里的那些小男孩和小女孩把戴维唤作月亮仔一样。那是因为这些人不想去寻找后梯子，所以他们就永远找不到。

然而现在，后梯子找到了，戴维知道它们肯定会通向某个地方，因为梯子是专为人们上上下下而造的。

于是，他开始下楼，下呀，下呀，下呀。梯子很窄，他不得不在乳白光中摸索前行，不过，他还是继续往下走，下呀，下呀，渐渐地，他看见了一缕亮光穿过门缝，从门后边射出来，就像他们在月亮厨房里，月亮天使在上面时，光亮从二楼射了进来。

这时，他已经来到了门口，听见了从那边传来的说话声，原来是孩子们的声音，他们在欢笑，在做游戏。

戴维停下脚步，倾听了一会儿，暗自思忖道："那里有许多小孩子，

他们在一起做游戏。他们不愿意跟我一块儿玩，因为所有的孩子都喊我月亮仔，如果我去那里，也许他们就要嘲笑我，看不起我，就像下界村子里的孩子们惯常做的那样。"所以他犹豫了一下，想再回到月亮上去，可随后他对自己说："不行，月亮天使决不会让我回去的，除非他同意我这样做。"

他伸出手去探寻门锁。他找到了，并拉了一下门闩。门打开了一条缝。接着，他把门又推开了一些。

然后他迈开步子，走进了那边明亮的地方。

如果你想知道他当初的感觉，就要假定自己在暗室里待了半个钟头，然后突然走出来，进入明亮的阳光之中。

戴维一时间什么都看不见了，只觉得两眼昏花，那既不像是太阳光，也不像是月光。他闻到了花香，听见了孩子们的声音，却看不见任何东西。他抬起手把双眼遮掩住，站在那里眨着眼睛，睁一会儿闭一会儿。有好一阵子，孩子们仍然在大声嚷嚷，然后戛然而止，一切都寂静下来。戴维明白，他们都在看着他。"现在他们就要喊我月亮仔了。"他暗自思忖道。

然而，他们没有喊。"啊哈哈！"他们同声喊道，而且越来越响亮，越来越尖细。"啊哈哈，这边新来了一个小男孩！"就在这时，戴维可以睁开眼睛看看周围了。

是的，他已经来到了月亮花园的中央，不过，看不见月亮屋了。这里只有一个宽阔平展的青草坪，里面有一座日晷仪和玫瑰花丛。在青草坪那边，有许多缀满鲜花硕果的大树。

在大树梢的上方，他看见了一幢长长的红砖屋，一排窗户在阳光下闪光，斜坡式的屋顶，一座钟楼，一个黄铜制的风向标，仿佛是在蓝天映衬下燃烧着的一束黄火花。这里很美丽，不过，戴维只能看看。

就是这么回事，因为在他的周围，是一群孩子，他们站在那里睁圆眼睛看着他。他们中没有一个超过十二岁的，也没有一个小于三岁的，因为一个小于三岁的孩子太小，不能进入月亮花园的这个地方，超过十二岁的孩子太大，也不能去那里。除了老师，只有三岁到十二岁的孩子才被允许来这里。

这些孩子——大约有三十个——站在那里圆睁着眼睛看戴维，和他们在一起的，是戴维见过的那位非常美丽的女士——那是一位面容和善，头发光洁，一双眼睛跟天空一样蓝的女士。

她就是老师。

她也在用温柔的蓝眼睛看着他，然后，她伸出手，非常温存地把手放在他的肩头上，注视着他的脸。

"你是从哪里来的，小伙子？"她问道。

"我是从月亮那边来的。"戴维答道。

"我确信你是的，"她说道，"我还看见你一直在擦星星，对不对？"

"对，"戴维说道，"用羊毛布擦的，老师。"他补充道。

"我知道了，"那位女士说道，"因为我看见星星在你的眼睛里闪光。而且，你是来这里度假的，对不对？"

"是的，老师，"戴维答道，"是月亮天使送我来的。"

"肯定是他，"那位美丽的女士说道，"那很好，快去跟别的孩子一起跑跑玩玩吧，因为晚餐很快就准备好了。"

　　"可他们不会喊我月亮仔吧？"戴维问道。

　　那位美丽的女士笑了，那是最甜美最温馨的笑。

　　"不会的，真的不会，"她说道，"他们绝不会喊你月亮仔的，因为这里所有的孩子都是月亮仔。可现在，孩子们，大家都去跑跑玩玩吧。"

　　于是，其余所有的孩子都嚷着笑着蹦蹦跳跳跑开了，戴维跟在他们

后面跑，甚至还没有感觉到他们会希望大家一起玩。此外，他也不知道怎样像别的孩子那样做游戏。

这群孩子中最大的男孩年龄跟戴维差不多一般大。"你应当成为我们的国王，"他说道，"因为是月亮天使送你来这里的，也因为你擦亮了许多星星。我们当中还没有谁干过这种活。"

"我还从月亮窗朝外眺望过。"戴维说道。

"啊哈哈哈！"可爱的孩子们一齐嚷嚷道，而且争先恐后地拥上来围着他，其中有几个年龄小的挤上前去斜倚在他身上。

"你看见了什么呀？"

于是，戴维就把他从二楼窗子往外看时所看到的一些情况对他们讲了，他们都静静地听着。

戴维觉得自己一生中从来没有这么高兴过，因为这里所有的孩子都称他是他们的国王，还请他做自己喜欢的游戏；而且他们都听他的话，按照他吩咐的去做，更没有谁喊他月亮仔。

就这样，他们喧闹呀，游戏呀，叫喊呀，一直玩到晚饭时间。

这时候，开饭铃响了，这顿晚餐中，深蓝瓷盘上盛有面包、奶酪、蜜饯，浅蓝瓷杯里盛满牛奶。

晚餐在树阴下的长餐桌上摆开。他们的头顶上方，百鸟在树枝间喳喳鸣唱，蜜蜂在花丛中嗡嗡低吟，西斜的太阳放射出温暖的光辉，穿过树叶和花丛，钟楼上的大钟敲了五下，一切都像是五月的黄昏那样甜美、愉快和宁静。

戴维心中充满了幸福感，以至于太幸福而生酸痛。

晚饭后，那位美丽的女士就坐在草坪上，拿出一本娃娃书，给他们讲精彩的故事，孩子们都围上去簇拥着她，纷纷从她的肩头上，透过她的臂弯间，钻进她的膝部，趴在她的身上窥看，但她一次都没有呵斥过他们，甚至当他们踩脏了她那漂亮的裙子。

这本娃娃书里，有许多你一辈子闻所未闻的、最精彩的童话故事，那些图片全是彩色的，栩栩如生。书中最神奇的部分，就是图片都能活动，就像真人真事一样活动。树叶和树枝都能摆动，仿佛是有风在吹拂着，城堡上的旗帜在轻轻地飘扬摆动，巨人到处行走，狮子摇摆着尾巴，你还似乎能听见他们的吼叫声，轮船在大海里破浪前进，美丽的公主斜倚着探身窗外，挥舞着手帕，而王子飞奔上去，卷起一路尘土。

戴维这一生，以前还从来没有看见过这么神奇的书，他极力屏住呼吸，是为了看够那些图片，倾听那位美丽的女士大声讲给孩子们听的精彩故事。

然后，夜幕降临了，暮光柔和而灰暗，该是孩子们去睡觉的时候了。

卧室在那间红砖屋里——那是一个长长的大房间，有两排白色的小床，散发着薰衣草、干玫瑰花瓣，以及各种甜美事物的芳香。

在那里，孩子们被安排好躺在床上，没有任何人呵斥他们，虽然他们在尽情地谈笑喧闹，有的甚至在床上蹦蹦跳跳，爬上爬下。

每时每刻，每当他们的嬉戏声、吼叫声越来越大时，那位美丽的女士就会用温柔的声音说："静静，嘘！"不过，就只这样点到为止。所以，

他们直到玩累了，然后才入睡——戴维除外。

他非常安静地躺着，感到很快乐——非常快乐而宁静。

那位美丽的女士在卧室里默默地走来走去，把孩子们的衣物摆放好。

他一直在仔细地观察着她，而当她发现戴维在用他那双蓝眼睛看她时，她就走过来俯下身子去亲他。

这时，大月亮升起来了，圆圆的，满满的，黄亮亮的，从那些高大的窗子窥进来，照在戴维的脸上——因为，在地球上月缺之夜，正是月亮花园里月圆之时。

菲 丽 丝

有一个小孩，戴维喜欢她胜过喜欢其余所有的孩子，她名叫菲丽丝，而且她还是一位公主——因为她头戴着一顶金凤冠。她的眼睛像天空一样蔚蓝，她的头发像金子一样黄，她的嘴唇像珊瑚一样火红，她的牙齿像珍珠一样皓白，她的笑声像流水一样铿锵，她蕴含有任何一个少女所应有的最甜蜜、最含蓄、最优雅的气质。戴维老是站在那里端详她，打量她。表面上他似乎很怕她，可其实不是。菲丽丝心里也很明白，戴维是在看她，因为她常常从眼角羞涩地回看他，然后，她也许会像银铃一样清脆地笑出声来，也许就跑开了。吃饭时她总是坐在戴维身边，而在玩"三骑士骑马"游戏时，他总是在圈子里选中她。他们要唱歌时——因为他们每天早上总是要在一起唱歌的——他始终站在她身边，他似乎觉得他们的声音在一起配合得十分默契，仿佛那玻璃铃的碰撞声就在他的耳畔响起。这时，她一直在看他，他也一直在看她，而那位美丽的女士一直在看着他们俩，她要是不笑，就会做出些比笑更意味深长的举动来，因为她容光焕发，就像月亮天使在凝望那颗时而发红时而泛蓝的明星时一样闪光——仿佛她的脸后面有一盏明灯，转化成了半透明的玫瑰

红。如果你想弄明白那是怎么回事，只需在强光灯前举起手，看看那透过手指间的玫瑰光是怎样闪耀的。

有一天，戴维和菲丽丝在一起沿着花园小径散步。到处都有玫瑰花丛，晴朗暖和的空气中洋溢着花香，他们头上的树枝盛开着粉红和白色的花朵。花簇旁边，有许多果子，有紫李子、红苹果、跟纯金一样黄的梨子。戴维和菲丽丝手拉手走着，他们都默不作声。在玫瑰花丛那边的青草坪上，其余的孩子正在玩游戏，他们俩可以听到他们的呼喊声和欢笑声。在树林子对面的上方，他们可以看见那幢红砖屋。在那之上，还有一座高大的塔楼，圆圆的钟盘，黄铜制的风向标，当微风徐徐吹拂时，像黄火花一样在闪耀着。

"我很快又要回去了。"戴维说道。

"去哪里？"菲丽丝问道。

"回到月亮上去。"戴维答道。

"我原以为你是来跟我们长久生活在一起的。"菲丽丝说道。

"不，我不是的，"戴维说道，"我只是出来度假的，最后月亮天使会派人来接我回去。"

"月亮天使住在月亮屋里吗？"菲丽丝问道。

"不是的，不过，他每个月要去那里住三天。"戴维答道。

"他为什么要来呢？"

"他是来看看那颗时红时蓝的闪光星星的。"

"他为什么要看那颗星呢？"

戴维停下来，开始思索——可是他百思不得其解。当他不经意思索时，似乎觉得自己明白了月亮天使凝望那颗星星的原因，可当他经意去思索时，却茫然了。

的确，我们大家都是这样——当我们竭力思索一件事时，我们就总是说不清；而我们不再思索它时，却全都明白了。

"我不知道他为什么要凝望那颗星星，"戴维说道，"他只是说他是在使旧事物获得新生。"

"他使什么样的旧事物获得新生呢？"菲丽丝问道。

"那我就不知道了。"戴维答道。

"可你为什么还得回到月亮上去呢？"菲丽丝又问道。

"因为月中人要再摘些星星来，然后，我就得用羊毛布把它们擦亮。"戴维说道。

"它们一直都是那样擦亮的吗？"

"是的。"

"可是，在你进入月亮之前是谁把它们擦亮的呢？"

戴维再次停下来思索，可他还是说不出个所以然来。他似乎觉得在开始思索之前、自己确实是想明白了的，然后仔细一想，却什么都不知道了。

"我不知道，"他说道，这时他突然问道——"要是我回到月亮上去了，你会难过吗？"

"当然，我会的。"菲丽丝答道。

"等我长大了，"戴维说道，"那时你也长大了，我们就结婚吧。"

菲丽丝转过脸来，看着戴维，他也看着她。当他这么做时，他感觉到心中一阵奇妙的震颤，这种感觉他以前从来没有过。这震颤非常强烈，使他觉得受了伤害，却又非常甜蜜，使他胸中觉得酸疼。他不明白这是怎么回事。

"是的，"她低声说道，"我们一定会结婚的。"说罢，她突然从他的手中抽回了自己的手，快速跑走了，笑声像银铃一样清脆。一会儿之后，她就绕过花丛，又跟别的孩子一起玩儿去了。

戴维站了一会儿，很奇怪为什么自己的心跳得那么快。于是，他紧跟在她身后，觉得非常惶恐羞愧。当他回到别的小孩子跟前时，她不愿意看他，或者留意他。她居然这般做作，戴维感到受了伤害。他不知道，她那样做作，因为她是个小女孩。所有的小女孩都是那样做作的——大女孩也是那样。她们为什么那样做作，只有月亮天使知道。

丁当，丁当，丁当！还是那天下午，戴维听见铃声响了。他正在聚精会神地做游戏，不过，他停了下来，一动也不动地站着，因为他知道那铃声是为他而响起的。可以肯定，那是月亮屋，是敞开着的门和后梯子，是站在门口的月中人在按响门铃，正如老师摇铃是宣布游戏时间结束了。

"我真的必须走吗？"戴维向那位美丽的女士问道。

"是的，你必须走。"那位美丽的女士说道。

戴维朝她跑过去，伸出双臂拥抱她。她俯下身子亲了亲他。

"快点，"她说道，"否则就会太晚了。"

"再见啦！再见！"戴维一边大声喊道，一边朝月亮屋跑去。

"再见啦！再见！"孩子们跟在他后面大声喊道，"早点回来呀。"

"如果有可能，我会的。"戴维扭转头大声喊道。

月中人把手伸了出来。戴维抓住了，向上一迈腿就进了门。咔嗒！于是他又一次到月亮里面来了。

他攀着梯子上了二楼。月亮天使已经走了。一扇窗子敞开着，有很小的一线白光照在月亮屋的边沿上。

渐渐地，下界的人们就会抬头仰望，说："那边是一轮新月。"

最后的假日

日子一天天过去，月亮越来越明亮，终于又圆了。

每天戴维都要从二楼的一个窗子朝外看，每天他都能看到新鲜事。

有一天，他居然看见了那条月亮路，跨越海面一直伸展到很远的地方。在它的终点是高耸倚天的黑色的巨岩。戴维非常清楚那是什么地方。那正是他开始登月之旅的地方。那里有一块平顶的岩石，巨大的海浪不时地冲击着它。他甚至还能看见村庄的屋顶，还有——对啦——还有汉斯·克劳特独自坐在岩石上。汉斯正在沿着月亮路朝着月亮眺望。他差不多在戴维看见他的同时也看见了戴维，并且向戴维招手。

"怎么样呀，戴维？"他隔着大海喊道。

"一切顺利。"戴维大声答道。

"打算再去旅行一次吗？"汉斯·克劳特问道。

"是的，"戴维说道，"再见啦！"然后，月亮从海边升起来，汉斯·克劳特、岩石、远处村庄的屋顶和月亮路，全都慢慢消逝了。"再见啦！"汉斯·克劳特大声喊道。接着，一切都消失了，只剩下深邃的天空和明亮的星星；而月亮就像一个圆圆的大水泡漂浮进了浩渺的穹宇。这时，

戴维知道，无论什么时候，只要他愿意，他就可以回家。这使他很开心，因为，尽管听起来很怪，即使月亮屋非常奇妙，也没有谁想永远住在那里的。人们要么在那里玩了一阵子以后就想回家，要么想从后门出去进入月亮花园，或是某个别的地方。

所以，戴维再一次住进了月亮屋，同时月亮在慢慢地亏缺下去，当月亮在天上浮游时，他就用羊毛巾不停地擦星星，直到那些星星放射出比以往更明亮的光来。每当月圆时，篮子里装满了星星；每当月亏时，篮子里的星星就越来越少，直到一个也不剩。然后，月光又消失了，二楼的窗帘子全都关上，一切又都黑暗了。

戴维又一次跟月中人一起在月亮厨房坐下来，看他修缝补敲，生火做饭，铺床叠被，偶尔在烛光下翻阅历书。然而，戴维在看月中人干活的同时，他还在注视着那通往二楼的梯子，还有那朝二楼开着的后门。因为他明白，月亮天使还会像先前一样到来，他在等候着。

突然，有一天早上，他——月亮天使又来了。戴维听见了歌声，看见了光亮，于是他知道月亮天使到了。这一次没等月中人告诉他怎样做，他就爬上梯子跑到二楼去，把门打开了。月亮天使在凝视着那颗星。它摇晃着闪耀着，时而红光时而蓝光，而月亮天使眼里的两颗星星，也跟那颗星一样摇晃着闪耀着，时而红光时而蓝光。月亮天使莞尔一笑，他在看戴维的同时，仍在不停地看着那颗星。

"那是什么呀，戴维？"月亮天使问道，"你希望再回到月亮花园去吗？"

“是的，”戴维答道，“如果我可以抽开身的话。”

“你必须去，”月亮天使说道，“度假三天。”

“从后梯子下去吗？”戴维问道。

“是从后梯子下去。”月亮天使答道。

戴维朝四下里看了看，找到了后梯子。这时还有谁像他那样高兴呢？他活蹦乱跳地下了后梯子，这一回他已经非常熟悉了，不用摸索着前行。他往下跑呀，跑呀，终于看到了从门缝里射进来的阳光。他又听见了从门那边传来的孩子们的说话声。咔嗒！他启开门闩，又一次来到了炫目的阳光中。

他从月亮里一走出来，孩子们的声音就停止了。

“啊哈哈哈！”孩子们齐声喊叫道，“戴维又来了。”

那位美丽的女士正坐在柔软暖和的青草坪上，把一个新来到月亮花园的小孩子抱在膝上。他坐在那里把大拇指衔在嘴里，用他那双又大又圆的蓝眼睛盯着戴维。然后，孩子们都拥向戴维，并开始搂抱他亲他——也就是说，所有的孩子，菲丽丝除外。她站得稍远一点儿，把手指放进嘴里，打量着戴维。那位美丽的女士也在打量他，微笑着，直到满脸放光。

就这样过了五个月。在这段时间里，戴维住在月亮里，做自己的工作，从窗子里朝外望，而且每个月他有三天假，进入月亮花园，跟孩子们一起做游戏。他似乎觉得自己活着就是为了这个——在月亮花园里把那三天玩过去。

后来有一次，那位美丽的女士拉住他的手，把他带到屋子里去。他

疑惑不解地跟着她一起走。她领着他经过一条走廊，最后他们来到她自己的房间，她的房间在那幢长砖屋的顶端。那是一个很雅致的房间，从敞亮的薄纱窗子望出去，可以看到花园，里面的一切都是天蓝色的。那里有女士的书桌、钢笔、墨水和账簿。戴维环顾了一下四周，不知道她为什么要把他带到那里去。

她把手放在戴维的肩头上，跟他聊了起来。

"戴维，这是你最后一次进入月亮花园了。"她说道。

他默默地看着她，惊呆了。起初他不懂她话里的意思，等到他懂了，他就觉得仿佛一切都在离他远去。接着，他觉得喉咙开始连着打哽。这是真的了？他永远不能再来这美丽的月亮花园了？永远不能再看见菲丽丝了？永远不能再跟孩子们一起做游戏了？

"永远不能，"那位美丽的女士说道，就跟她刚才说过的一样，"你是永远不能再回到月亮花园来了。"

"为什么不能？"戴维问道。

"因为呀，"她答道，"在下个月的这个时间之前，你就要满十二岁了，而不论是谁，年满十二岁以后，都不能住在这里了。"

"为什么不能呀？"戴维又问道。

那美丽的女士以微笑作答。

"啊，戴维，"她说道，"很多人问了这个问题，不过，能回答这个问题的只有一个人——那就是月亮天使自己。是的，戴维，我们都不能永远像小孩子那样快乐，这似乎是很悲哀，但现实就是这样，戴维。天真

的小孩子必定要长大，成为并不天真的男人或女人。为什么会这样，也只有月亮天使说得清楚。然而，现实就是这样，下面世界里其余的人也是这样，你在这里也必须这样，戴维。因为你必须离开我们这里的时间已经到来，这样你就可能长成一个大男子汉，也只有这样，你才能完成赋予你的使命。"

"可我宁愿住在月亮花园里，永远快乐。"戴维说道。

那位女士又微微一笑，直笑得她的脸亮闪闪的，就像月亮天使在微笑时那样满脸闪光。

"是的，"她说道，"我们大家都是这样想的，戴维。我们都想永远快乐，但那是不可能的。你现在必须离开月亮花园，一定要离去，成长为一个男子汉。"

戴维静静地站着，思量着。

"那我就永远不能再看见菲丽丝了吗？"他终于问道，快要哭了。

"我并没有说你再也见不到菲丽丝，"那位女士说道，"那要取决于你自己。"她直视着戴维的眼睛，"请告诉我，"她说道，"那天你对菲丽丝说了什么？难道你没有说过你们俩长大要结婚吗？"

"是说过的。"戴维答道，满脸羞得通红。

"既然是这样，你就必须做出点儿成绩来，赢得她的欢心，"那位女士说道，"因为，戴维呀，你听着，菲丽丝可不是一般的孩子。你不知道，她也不知道。她其实是一位公主，她父亲是一位伟大的国王。"

"是公主！"戴维大声惊叫起来。

"是的，"女士说道，"是公主。"

可怜的戴维站在那里凝视着她。

"那么说，她长大后就不会想起我了，"他说道，"她会把我忘掉的。"

"那还是要看情况，"女士说道，"要是你完成了赋予你的使命，她就不会忘记你。"

"那个使命是什么呢？"戴维问道。

"那就是，"女士答道，"去找到宝匣子和万能秘籍，它藏在铁人的钢铁城堡里，并且要把它带回到地球去。那就是赋予你的真正使命。"

"我怎样才能完成这一使命呢？"戴维问道，"我怎能找到铁人的钢铁城堡，又怎能找到宝匣子和万能秘籍呢？我以前从没听人说起过这些呀。"

"我会告诉你的，"女士说道，"首先，你必须紧跟在月亮天使的背后。"

"这个不难做到。"戴维说道。

"不难吗？"女士反问道，"啊，戴维，你不知道你在说什么。敢这么做的人，就敢做任何事。"

"我不懂你说的意思。"戴维说道。

"不懂吗？不过，你经历过以后就会懂了。只是现在你必须听我吩咐，因为你必须离去的时刻已经临近了。如果，当时机到来时，你要大胆跟在月亮天使的背后到月亮海去，那里巨大的灰色悬崖峭壁俯瞰着大海，一位身穿红衬裙的老大娘住在那里，她会告诉你要做什么。"

"那位穿红衬裙的老大娘是谁呀？"戴维问道。

"啊，戴维，"女士说道，"这个就是我也说不清。很少有人见过她，跟她说过话的人就更少了。不过，有一点儿我是知道的。她能告诉你所有关于宝匣子和万能秘籍的事，以及你该怎么做才能找到它们。因为她无所不知，无与伦比。"

"那我就去找她。"戴维说道。

女士微笑了。

"就这么办，"她说道，"不过，你先要去那边，跟在月亮天使的后面。"

"这我容易办到，"戴维又说道，"我不怕月亮天使。"

那位女士又笑了，不过这一次，啊，十分奇怪，因为她知道跟在月亮天使的后面意味着什么。戴维不知道，可是她知道，她一边近乎同情地看着他，一边把他前额上的头发往后拢起抚平。

"上帝保佑你，戴维，"她说道，"你听，铃声响了。"

叮当，叮当，叮当！是啊，那是铃声，是月亮屋，是月中人站在那里拉响了铃声，就像游戏时间结束，学校拉响下课铃。

"我不可以跟别的孩子说声再见吗？"戴维问道。

"不可以，"女士说道，"我可以替你说声再见。"

"我跟菲丽丝说声再见也不可以吗？"

"不可以，即使跟她说再见也不可以。"

叮当，叮当，叮当！铃声又响起来了。

"那我就跟你说再见了。"可怜的小戴维抽咽着说道，他伸出双臂搂着女士的脖子。她让他紧紧靠着她，并且亲了亲他的前额。

"再见。"她说道。然后，她把他推开，他一转过身就跑走了，那又大又圆的月亮，那月亮花园，以及他周围的一切，在他眼里涌出的热泪中全都变得模糊朦胧了。

月中人把手伸了下来，戴维抓住了它。

"跨一大步，"月中人说道，"这就对了。"咔嗒！于是，戴维又一次进入到月亮里了，那后门也随之关上，把一切抛在了他身后。

在月亮天使的背后

　　要跟在月亮天使的背后。啊，宝贝孩子！那可是难之又难的事。然而，即使你跟上了，一切都变得乱七八糟的，你也看不清。如此而已——只能看到一些乱象。可是，世界上人人都在努力着，劳碌着，祈祷着，渴望着要跟在月亮天使的背后，或者至少能够瞥一眼他背后藏着些什么。真正能跟在他背后的人少之又少，而能看见他背后事物的就更少了。我还听人们说道："啊，我要是能看一眼月亮天使背后的少许事物，那我就心满意足了，因为也许在以后，我会亲眼看到那些神奇的事物，许多人会谈论，有些人还会相信。"我听见人们都是这么说的。如果他们见到了那些事物，也许会心满意足，也许不会，然而，无论他们是满足还是不满足，他们不会经常见到他们想见的事物——也许是因为他们千方百计要看见它。

　　现在，我要告诉你一件事：有一次我在月亮天使背后看见的——只是偷偷看了一眼。我不知道那是怎样发生的，可事实是那样。我并没有真正跟在月亮天使背后，你懂的，我只是瞥了一眼他背后的情景。那是在海岸边，在沙石山后面，艳阳高照——像火一般热——海鸥在我的头

顶上盘旋，枯草在热风中低声瑟瑟着，热风在微微颤动的沙滩上轻轻拂过。我听得见远处的激浪声——砰！砰！可我看不见海洋。然后突然间我看见月亮天使正从沙滩那边走过来。他从我的身边走过，这时，我在他的背后看见了。我看见了什么呢？哦，我要是能告诉你就好了。但是，我极力回忆我的所见，一时间全都忘了。我只知道从那以后，我眼中的事物都变得杂乱无章了，人们都是用头而不是用脚走路，树木全都是倒着生长的，还听见聪明人胡说八道。

然而，所有这些既不在这里，也不在那里，不在任何别的地方，如果我不停地谈论这些事，我就永远跟你讲不成戴维的故事了。而戴维的故事是更值得一讲的。是的。因为，即使我竭尽全身力气所能了解到的，也没有戴维对月亮天使和他背后的事物知道得多——至少在我砸开事物的坚壳，重新回到正理之前是这样。

言归正传吧，在这一个月的日子里，戴维不停地干活，把星星擦了又擦，可那些星星再也没有前段时间那样明亮了。月亮慢慢地圆了，然后又慢慢地亏了。最后月亮屋周围的一切都黑暗了，所有的百叶窗都关上了。

戴维在月亮厨房里坐下，等呀，等呀，慢慢地，在楼上的门底下露出了亮光，他知道月亮天使又来了。戴维连忙跑上楼去，把门打开，月亮天使果然站在那里。

不过，这时他不是在窗口眺望那颗先闪红光后闪蓝光的星星，光耀闪烁，一会儿之后又时而闪着红光时而闪着蓝光；他是站在月亮的中央，

直视着戴维。

　　我应该怎么跟你讲戴维看见了什么，做了些什么呢？谁可以讲得清呢？一切都太奇怪了，太奇怪了，实在难以用语言文字来表达，当一个人开始讲述时，事情就会变得零零碎碎乱作一团，听起来像一个不真实的神话故事。

　　戴维一看见月亮天使，就立即停下来，站着一动也不动，仿佛变成了一块石头。他从来没有看见月亮天使像眼前这个样子，这使小男孩心中充满了敬畏。因为这时候，月亮天使的脸像白光一样闪亮，胸部横写着一个词，这个词是由五个火苗状的字母组成的。难怪小戴维站在那里仿佛变成了石头。因为，啊，宝贝孩子！原来月亮天使很可怕的，你看他这个样子太吓人了。

　　"戴维，"月亮天使说道，"戴维，我一直在等候着你来见我，并且超越我。"

　　不过，看到月亮天使感到惊恐，戴维这还是头一回。

　　"啊，我害怕！我很害怕呀！"他说道。

　　"戴维呀，戴维，"月亮天使说道，"你为什么害怕呢？"

　　"我不知道，"戴维答道，"可我就是怕——我怕你！"

　　此前，月亮屋和月亮花园在戴维看来似乎曾经是一场美梦。如今，他心生惶恐，仿佛一切事物突然间变了，甚至连它们——月亮和花园——都变成了一场充满恐怖和黑暗的噩梦。

　　"你不愿意到我跟前来吗？"月亮天使问道，他这么说，戴维无法

回绝。

　　慢慢地，慢慢地，他上前去迎接月亮天使。月亮天使张开双臂把戴维搂在了怀里。

　　发生了什么事呢？那是一场梦吗？戴维发觉自己是独自一人站着。起初天气寒冷——啊，很冷——而且周围是一片空白，就像一片飘荡的暴风雪。天气变得越来越冷了。冰冷的风似乎刺进了骨髓，经过厚厚的积雪时，他踉踉跄跄地往前走。不久，他似乎再也不能忍受这寒冷了。不过，这种情况没有持续多久。正在他感觉难以再忍受那严寒时，那严寒就开始消退了。

　　后来，他很快感到空气开始变得温热。冰冷的风不再吹拂，反而变得越来越暖和。一会儿之后，那寒冷的空气也变得温暖宜人了。戴维的周围仍然是一片空白，只是现在的白茫茫，不是雪那样的白，而是银雾那样的白，万物被银雾掩藏着看不见了。他什么都看不见了，不过，似乎觉得自己能听见远方雾幕里传来的流水声和树叶的飒飒声；他可以闻到百花的芳香；可以听到百鸟的鸣叫，远处微弱的管弦乐声，以及人们在远方一起说笑的回音。所有这一切他都听得模模糊糊、若即若离，但是，他什么都看不见，因为他的周围笼罩着白茫茫的雾。这些也只是持续了一阵子，然后也开始变化了。

　　因为天气很快开始变得越来越暖和。后来，天气变得越来越炎热。银白的雾气开始消退融化，渐渐地变成了棕红色的水蒸气。接着，取代这些的是树叶的飒飒声、鸟鸣声和人们的说话声，这些也慢慢消逝直到

沉寂，接着燃烧的噼啪声越来越近。戴维知道烈火就在他的前面燃烧。如果他继续向前，就必须穿过烈火。他能转身回头吗？不能。他觉得自己每时每刻都在变，变得越来越强壮，足以经受住烈火的考验。他不知道他正在成长为一个男子汉；那正在经历的不是几个瞬间，而是许多年。于是他站在了烈火的中心。啊，多么灼热啊！他已经头昏目眩了，他似乎没有脚踏实地的感觉了。他在喘息换气，噼啪响的火花似乎就在他的眼前跳跃。再向前走一两步，他明白自己一定会倒下，那后来他会怎么样呢？他不知道自己是怎样挺过来的。

猛然间，一扇铁门耸立在他面前，他明白自己可以从那里逃生。他冲上去猛力撞击它，但是门没有被撞开。铁门灼伤了他的手，然而他摸索到了门闩。他推了推门闩，然后，铁门轰的一声掀开了，他就头朝前地跌撞出去，倒在门那边的地面上了。

一切都结束了。一切都完成了。他已经超越月亮天使了，他的劳苦历练也已经终止了。他躺在那地上，喘息着，呼吸着。一阵凉爽而湿润的微风在他身边吹拂着，似乎在用舒适的香脂熏陶他。然后，他开始恢复了知觉，意识到自己躺在海岸边的岩石上。大海激浪的雷鸣声，海水退潮时的唦啦声，海风的呼啸声，海鸥的喧嚷声，回响在他的耳际。

他躺在那凉爽湿润的巨石上，纹丝不动，喘着粗气，却很宁静平和。然而，他再也不是一个小男孩，已经是一个成年人。

是的。他觉得自己只花了几分钟就超越了月亮天使，而实际上已

经过去了十年，在那一段时间里，他已经从一个小孩子成长为一个男子汉了。

　　宝贝孩子呀，很少有人是这样长大的。你不懂吧？不懂？也许有一天你会懂的——也许吧，也许。

乌　有　邦

　　慢慢地，戴维挺起身子站了起来。然后，他低头看了看自己，突然惊奇地发现自己已经长大成人了。起初他不相信这是真的。多么神奇呀！多么欣喜呀——长成一个四肢发达、身材魁梧的高大男子汉。他挥动胳膊，感觉到了力量。他挺起胸膛，呼吸着大量凉爽新鲜的空气。他感觉到自己很强壮，可以做任何事。他的力气确实大得能做任何事，因为他经历了冰霜和烈火的磨炼，超越了月亮天使，他已经有能力做任何事。

　　这时，他环顾了一下四周。一边是海洋，另一边是悬崖，高高耸立，顶峰游移于蓝天和流云之间。海鸥的翅膀轻拂拍打着岩表，它们不断发出的喧闹声与那无休无止的滚雷声和海浪的撞击声彼此呼应。

　　在悬崖绝顶之外，离他站着的地方不远处，他正巧看见了一间村舍的屋顶，以及那柱冒着青烟的红烟囱。在那村舍的前面，有一位身穿红裙子的妇人，那红裙子像燃烧着的火花映衬着蓝天。她正在一根线绳上晾晒衣服，不过，戴维知道，那肯定是月亮花园里女士对他说过的那位身穿红裙子的老大娘——那位全知全能、无与伦比的老大娘。

　　他沿着海岸向前走去，无数的海鸥看见他来了，便从悬崖峭壁各处

飞了出来，亮开嗓子，放声尖叫着喧闹着。海鸥的嘈杂声在他的耳畔翻腾着，海浪与岩石的撞击声震撼着他的心灵，戴维仍在沿着海岸前行，最后来到一条通往岩顶的小路，那里有一段石台阶，迤逦穿过悬崖峭壁的裂缝，一直通到尖锥状岩石的顶部。他从这些石台阶往上爬，往上再往上，他越往上爬，在他脚下的月亮海就展现得越宽阔。他很快来到了岩顶，可以远眺和朝下望，看到他脚下那蠕动着的起皱的海水，伸向那一望无边的虚空。看不到一艘轮船或帆船，只看到远方长长的地平线，以及从那里，珠光宝气的天空在头顶上拱成了一个深蓝色的穹窿。在他的下方，海鸥振翅掠过，绕着悬崖的岩表，它们的喧闹声飘到了他的身边，与远处海浪无休无止的噪音融为一体。

接着，他转过身来，前方不远处就是那间农舍。那位身穿红裙子的老大娘已经回屋子里去了，不过，衣服还挂在线绳上，雪白雪白的，在风中轻轻飘荡着。

这时，戴维明白了它们是什么。

它们是人的灵魂。

从外表上看，它们非常像是亚麻布衣，不过，戴维现在能够根据表象看清事物的本质了，所以他能看出它们是人的灵魂。

是啊，是啊。宝贝孩子，这是千真万确的。那位住在乌有邦悬崖上的亲爱的老大娘——那位亲爱的身穿红裙子的老大娘——就是专做这件事的。日复一日，年复一年，他把人的灵魂洗清白，再把它们晾晒在阳光下和暖风中。她从开天辟地以来，就一直在这么做。自从第一个婴儿

降生到这世上，扯起嗓子哭喊的那一刻起。从那以后，她就一直在洗呀，洗呀，洗清人的灵魂，人的灵魂在使用过一阵子之后就变脏了，不宜继续使用，多亏了那位住在悬崖上的亲爱的老大娘给以洗涤，把它们洗刷得雪一样白，然后再把它们拿出去在阳光下晒干。

戴维走到门前，可他还没有来得及敲门，那位老大娘就喊他进去，于是他走了进去。

"你饿了吧？"她问道。

"是的，我饿了。"戴维答道。

"那么，你一定要吃点儿东西，"她说道，"因为一个人不吃饱，是不能做成大事的。"

于是，戴维在餐桌旁坐了下来，老大娘给他端来一碗牛奶和一块面包。戴维开始吃时，才知道自己非常饿。这时，他似乎觉得总是吃不够。他吃呀，吃呀，正当他吃的时候，他看见那位老大娘坐在餐桌对面，叉着双手，静静地看着他。他想，有生以来从没看见过这样温馨可爱的面孔。她的头发像雪一样白，往后飘拂在帽子下，那帽子比头发还要白些。她的脸上布满了皱纹，非常亲密优雅，这使戴维想起了月中人。

所以，他一边吃面包喝牛奶，一边打量着她。他吃完后，就把碗和勺子放了回去，一次又一次地打量着她。她微微一笑。

"好啦，"她说道，"你觉得我怎么样？"

"我觉得你很美。"戴维答道。

老大娘哈哈大笑起来。

"真的吗？"她问道，"大多数人觉得我很丑。这么说，你从月亮天使那边来，是要寻找宝匣子和万能秘籍的，要把它们带回到它们的原主地球那儿去，对不对？"

"对的，"戴维答道，"这正是我这次来要完成的任务，请你告诉我应该怎样做。"

"要我告诉你？"崖岸上的老大娘反问道，"如果我不告诉你，我为什么还要待在这里呢？哎呀，戴维，孩子呀，这就是我住在这里的原因。可你吃饱了吗？"

"是的，我吃饱了。"戴维答道。

"这就好，因为要完成眼前这样艰巨任务的人是不应该挨饿的。"

"可首先，请你告诉我，"戴维说道，"这个宝匣子是什么，万能秘籍又是什么？为什么要我把它们带回到地球去呢？"

"要我告诉你这整个故事吗？"崖岸上的老大娘询问道，"整个故事？"

"是的，"戴维答道，"整个故事。"

"很好。"那位老大娘说道。于是她开始讲了。以下便是她讲述的万能秘籍的故事：

从前，在远古创世纪，那时候天地万物都很年幼无知，天空是新的，阳光是新的，没有悲伤和忧愁(实际上也没有快乐和喜悦)这样的事，有一个女人和一个男人，像天真无邪的孩子们那样，生活在天堂的美丽花园里。

"那是亚当和夏娃。"戴维说道。

"不对，"崖岸上的那位老大娘说道，"是夏娃和亚当。"

"那又有什么区别呢？"戴维问道。

"要是你说'亮变暗了'而不说'暗变亮了'，有什么区别吗？"老大娘反问道。

"我不知道。"戴维答道。

"可我知道。"老大娘说道。

天堂的这座花园是一个很美很美的地方，柔软的青草坪掩映在开花结果的树木浓荫之下。在那里，俊美的百鸟从早到晚唱个不停，一切都很天真平静。

"那好像月亮花园呀。"戴维说道。

"是啊，"老大娘说道，"那正是月亮花园。"

还是言归正传吧，有一次，一名男子走进了那个无知的女人和那个无知的男人住的花园里。二人看见那名男子来到树木和花丛中间——那是一个身材高大气宇不凡的男子，穿着一件灰色长袍，上面缀满了闪烁着微光的星星。

"那人好像月亮天使哩。"戴维说道。

"那正是月亮天使。"老大娘说道。

那人胳膊下夹着一个铁匣子，是关着并上了锁的，不过，金钥匙还放在锁眼里。

"孩子们，"他说道，"这儿有一个匣子要给你们保管。里面有世界上

最大的快乐和最大的悲哀。要让它一直关着，你们就能跟现在这样永远快乐。但是，如果你们打开了它，悲哀就会降临到你们身上。"说罢他把匣子留下，扬长而去。

七天过去了，后来有一天，女人对男人说道："我真想知道那匣子里装的可能是什么？那个身材高大的男子说，那里面有世界上最大的快乐。"

"他还说了里面有世界上最大的悲哀。"男人说道。

"可是，"女人说道，"要是我们打开了它，我们会看见世界上最大的快乐。"

"那样我们就会把最大的悲哀也放到世界上来了。"男人说道。

"这时候，戴维，要是你会怎么办？"崖岸上的老大娘问道。

戴维无所畏惧地大声开口说话(你一定记得他这时已经是个大人了)。"我会把匣子打开，"他说道，"因为，为了最大的快乐而忍受最大的痛苦是完全值得的。"

老大娘微微一笑。

"啊，戴维，"她说道，"你说，因为你经历了冰霜和烈火的考验，所以远远超过了月亮天使。不过，你所说的十分正确，为了最大的快乐而忍受最大的痛苦是完全值得的。那就是月亮天使把铁匣子带给那个男人和那个女人的原因——那正是宝匣子，戴维。"

"那么，万能秘籍就是最大的快乐吗？"戴维问道。

"正是。"老大娘答道。

"那个男人把匣子打开了吗？"戴维又问道。

"打开了。"老大娘答道。

那男人转动了匣子锁眼里的金钥匙，他转着转着，突然浑身震颤发抖了。

鸟儿都停止了啼鸣，风中的树叶不再瑟瑟作响，空气像死亡一样滞闷，天空也像一片乌云似的阴沉下来，传来了远方的闷雷声。

"快开匣子呀！"那女人用刺耳的声音大声喊叫道，于是，那男人揭开了盖子。

宝匣子一下子就敞开了，一大团妖孽就像一大股浓烟冲了出来。它在树梢上空越升越高，扩散开去成了一大块阴云。那两个男女就紧紧抱在一起，吓得直打哆嗦。

然后，他们看见那股烟雾开始变成了一个人影，于是，那二人急忙转身，从花园里逃跑了。

"可是，难道他们后来没有看到藏在宝匣子里面的快乐吗？"戴维问道。

老大娘摇了摇头。

"没有，戴维，"她答道，"当黑色的悲哀从中作梗时，谁也不可能看见藏在后面的快乐。"

那男人和女人逃离了花园。

在他们的周围全是可怖的黑暗，因为天空布满了阴霾，悲哀在飞快地追赶他们。它穿过树林，把果子和鲜花打落在地，撕裂着，扯碎着。

它不停地追逼着那男人和女人，最后，他们突然来到那扇紧锁着的铁门跟前，铁门挡住了他们。

那男人一跃上前去推门闩。唰一声大门开了，于是那二人就跑了出去，进入那边的世界了。他们站在沙石海滩上，他们的面前就是海洋。

然而，悲哀一直跟着他们，快乐就留在铁匣子里了。

"那以后发生了什么呢？"戴维问道。

"我这就讲给你听吧。"老大娘答道。

那二人沿着海岸徘徊，走了很长很长的路，最后来到一个有人聚居的邦国。那里没有国王也没有王后，由于这一对男女站在那里比当地的男人和女人都要高出一头，也由于他们俩长相十分英俊漂亮，还因为他们的脸上泛着白光，那个城邦的人就推举他们做了国王和王后。

不久，那二人相继死去，他们的儿子就成了国王。

以后，国王死了，他的儿子也成了国王。

再以后，国王死了，他的儿子也成了国王，就这样一代一代地传下去。

可是，宝匣子和万能秘籍丢失了。整个花园彻底荒芜了。

因为，在那个男人和女人逃走以后，有一天，铁城堡的那个可怕的铁人来了，由于他的到来，甚至连小鸟都逃光了。他在一棵大树下发现了那个匣子和秘籍，就把它们拿走了。

从那时起，人们再也没有见到它们了。然而，尽管如此，有一点儿是明确的：总有一天——是的，总有一天——会出现一位英雄，他会把宝匣子带回地球的。

到时候，会有一位公主，在英雄找到宝匣子和万能秘籍，又把它们带回到地球以后，他要迎娶她，他自己很快就会成为那个邦国的国王。

宝贝孩子呀，这就是宝匣子和万能秘籍的故事。

这是真的吗？真的？当然啰，全是真的。至少它曾经是真实的，感谢伟大的文明，在未来也将是真实的。

然而，戴维一动也不动地坐在那里，凝视着那位老大娘布满皱纹的脸。他的双目炯炯有神，面颊像火一样燃烧着。

他的内心在嘀咕着，自己是否有可能成为那位把宝匣子带回地球的英雄？有那种可能吗？他不敢提出这个问题，不过，他还没有提问，那位老大娘就开口回答了。

"是的，戴维。"她说道，她的声音非常非常甜蜜动人，"你就是那个男子汉。"

"那么就让我去寻找吧。"戴维大声喊道。

那位老大娘笑了起来。

"要有耐心，戴维，"她说道，"耐心，再耐心。明天早上，你必须出发去完成你的任务。今儿晚上，你一定要睡足养好精神。可是，请告诉我，你打算怎样动身去寻找那个铁人的铁城堡呢？"

"我不知道。"戴维说道。

"那我就告诉你吧，"老大娘说道，"明天早上，你动身后必须往西走。你要走一整天，不过，黄昏时分你会来到一片多岩石的荒野，在那里你会发现一眼泉水。每天，一匹住在天上的黑马会到那眼泉去饮水，消渴

解乏。只有它能够把你送到铁人的铁城堡去。明天，在你启程之前，我会给你一副金马嚼笼头。如果你能够给黑马套上笼头，那你就驯服了它，就会成为它的主人。"

"但愿明天一切顺利。"戴维说道。

老大娘又笑了："你有足够的时间完成这项任务，戴维。"

黑 飞 马

第二天清晨，崖岸上的那位老大娘给了戴维一副马笼头，上面饰有银套子，还吊着一个纯金的马嚼子。

"带着它吧，"她说道，"只有带着它，你才能驯服黑飞马。"

戴维接过金嚼马笼头，谢过她，就动身启程了。这天天气晴朗，景色宜人，戴维转过身，面向西方，迈开大步穿过旷野，离开了大洋和内海。太阳刚刚升起，整个大地明晃晃的，到处闪耀着露珠的光泽，这露珠在斜射着的阳光里，把各处的蜘蛛网变成了梦幻般的小银片。几株小树孤零零地散布在起伏的丘陵里，没有一片叶子在摆动，只是在寂静的空中一动不动地静立着。到处都有鸟儿在兴高采烈地啁啾着。这个大合唱似乎充溢在远近的空中。

戴维挺起胸膛，一边大步走着，一边大口大口地呼吸着早晨的清新空气。他转身朝后看了看。只见崖岸上的那位老大娘还站在那里目送他，一件红裙子，宛若闪耀在朦胧晨光中的一团火。他向她挥手，她也向他挥手。然后，他又转身，迈开大步朝西方的纵深地带走去。

他差不多是唯一一个用肉眼看见过那位老大娘的人，而且，他自己

以后再也没有看见过她了。

就这样，戴维在新鲜的晨露中出发了，百鸟的鸣唱声在他的耳畔回荡，早晨清新浓郁的香气扑鼻而来。是啊，我们大家都是这样，我们总是怀着轻松愉快的心情，心中充满着希望，开始去完成我们面临的任务。

白天越来越亮堂，太阳升得越来越高，阳光照射得越来越热，直到灼热强烈地炙烤着戴维的脑袋。这时，他已经走出了高温多风的丘陵地带，他的四周灼热难当，沼泽湿地的臭味冲天，到处都是秃梢的矮杨柳。已经没有鸟鸣，只是偶尔听到一只藏在灯芯草或茨菰中间的大青蛙发出的呱呱声。时而有一只苍鹭起来振翅缓慢低飞。汗水从戴维的脸上流成了串串，他时时掀开帽子，用自己的袖子擦掉汗珠。

就这样，他艰难跋涉着，穿过泥沼地，顶着烈日的烤晒。我们大家也是这样，为了实现我们那也许会半途而废的理想而不辞劳苦。

太阳开始西斜，这时阳光直射到他的脸上。他吃过了午餐面包，可他又口渴得不行。因为这时他已经完全走出了沼泽地，正走在一处辽阔无边的乱石冈上。万籁俱寂，毫无生机，只是偶尔有一条蜥蜴，或是一只肥大的黑蟋蟀横冲过岩石间的小径。戴维疲倦极了，因为那些非常滑溜的圆石子，时不时地从他的脚底下滚走。

这样，他渐渐地接近了行程的终点。我们大家也是这样，我们行动时，也要付出辛劳，受尽磨难，忍饥挨饿，颠沛流离，最后才能达终到点。

太阳还有两个小时就要落山了，这时，戴维站在一座光秃秃的小山顶上，看见了那汪晶莹清澈的泉水，像一块明镜，躺卧在他下面的谷地

里——那神奇的水泉是那庞大的黑飞马每天黄昏都要来饮水的地方，待到焕发精神以后，它就再次腾飞到那寂静蔚蓝的天宫，在那里它将无休止地环绕，俯冲，盘旋在无边的空明之中。

戴维看见水泉时，欢欣鼓舞起来，并且沿着小石山跑了下去，直奔那个小水池，只见它像一片天镶嵌在覆盖着苔藓的黑岩中。他把脸、手和胳膊猛地伸进水池，大口大口地喝着那晶莹的凉水。这似乎给他的血管注入了活力，使他的灵魂获得了新生。他一口接一口地喝着，然后停歇下来，尽情地做着深呼吸。

他在这样停歇时，身子俯在那镜子般的小池上面，发现池水中的涟漪重又恢复了原先的平静，突然他看见水面上有一个倒影，似乎是一只大鸟在他头顶的高空中展翅飞旋。他抬头一看，只见映在远远蓝天上的，不是飞鸟，而是一匹神奇的有翅膀的马，用张开的翅膀，像雄鹰一样缓缓盘旋在深不可测的高空中。

那正是黑飞马，戴维明白，这时它肯定要来泉边饮水，因为太阳在白天的最后几个小时里，正在泛红，正在西沉。他拿起马笼头，挽在胳膊上，然后退回来，藏在那些覆盖着苔藓的黑巨岩中间。

黑飞马飞得越来越近了，虽然它的身子是黑的，它的翅膀却闪耀着雪白的光。它飞得越来越近了，一圈又一圈地向下俯冲，正在减速飞行着，最后，它就神秘地盘旋在水泉的上空。接着，它的双翅高高伸出并抖动着，它才慢慢地、慢慢地降落，直到最后它像羽毛般轻轻地停栖在它脚底下结实的巨岩上。它继续张开翅膀保持平衡了好一阵子，然后才收拢翅膀，

交叉着放在背上。接着，它弯下自己那威武的头颅，开始大口大口地喝着泉里的清水。

这时，戴维快如闪电般一跃而出，骑在了它的背上，趁那匹马还没有来得及跳离，他就紧紧抓住了它的鬃毛。紧接着，在马和人之间展开了一场激烈的搏斗。非常幸运，戴维先自喝足了很给力的泉水，否则的话，他绝不可能强抓不放，而可能在那四只铁蹄下被践踏粉碎。因为那匹马用铁蹄踹他，用它那闪光的铁齿轮砸他。然而，都不能使他松手，他继续抓住，紧紧抓住不放。它试图向天空飞走，但是戴维使劲攥住，把它压在地上。接着，它竭力把他往巨石上摔打，把他挤压在巨石和他们之间，可是戴维猛地向前俯身，趁势把金嚼子塞进马嘴里，卡在了上下牙齿之间。最后，过了一会儿，一切全都结束了。那匹马站在那里瑟瑟颤抖着，全身都是泡沫，它那大张着的鼻孔像血一样红。它被降伏了，低下了马首，承认了自己的主人。然后，过了一会儿，它居然平静地开口说话了。

"主人，你需要我做点儿什么呢？"

"我想要你把我送到铁人的铁城堡那里去。"戴维说道。

"那就骑到我的背上去吧，主人，我会把你送到那边去的。可是这样做我真的好悲哀，因为你是第一个蹲坐在我背上的人。"

戴维把手放在马背上，紧紧抓住一撮马鬃毛。然后，他纵身一跃，就跳到马背上了。

铁 城 堡

黑马用脚蹬地,张开旋转的翅膀,就飞速离开,贴近大地的表面掠过。它没有升上高空, 因为这时它不能那样做。

那是一匹神奇的黑飞马。宝贝孩子呀,确实是的。因为在没有缰绳和嚼子时,虽然它能够直冲云天,越飞越高,直到它消失在高空中,像一个小小的斑点,遥远得最敏锐的肉眼都看不见,然而,当它背上驮着一个人时,就像这时的戴维骑在上面一样,它是飞不高的。它只能掠过地表,也许能不湿马蹄地蹚过海洋和江河的水面,但是,当它这样负载时,它飞升是决不能超过一个人的身子站在地上那么高的。

就这样,黑马掠过地表,背上驮着戴维,快速飞离。哗,哗,飞得非常快,仿佛黑暗的大地是在它的脚底下哗啦啦地向后滑去,戴维不得不捂紧自己的帽子,以免被风刮掉。

太阳下山了,那灰暗的暮光影子似乎已经从地面向上升起,那些岩窟里已经昏暗模糊。那匹马不停地加速向前飞奔,向前飞奔。日光越来越微弱了,这时,在西边的天空上,一颗明亮的星星在引人注目地闪耀着光芒。

"看哪，"黑马说道，"你现在看见什么了？"

戴维手搭凉棚看了看。

"我看见了，"他说道，"在很远很远的空中有一个小斑点。"

"那不是小斑点。"黑马说道。

它继续快速往前飞奔，那天上的红光已经化成了薄薄的一抹灰雾，星星的亮尖一个接一个地刺破天穹。

"看哪，"黑马说道，"现在你看见了什么？"

戴维又看了看，极力要看清远方。

"我看见了，"他说道，"我看见很远很远的天边有一样东西，看上去好像一幢宅子。"

"不错，"黑马说道，"那的确是一幢宅子！"

黑马还在不停地加速往前飞奔，圆月从东方缓慢升上来了。

"告诉我，"那匹马最后说道，"这时你看见了什么？"

这一次戴维不用看就开口说话了。

"我看见了，"他说道，"一座像墨一样黑的大城堡倚天耸立着，那城堡全是铁做的——那是一个黑暗阴森的地方，铁门上缀满了螺栓，高高在上的屋檐下有两排窗户，用铁栅栏隔着。"

"那就是，"黑马说道，"那个铁人的铁城堡。"

就在它说话的时候，它已经站在了城堡的大门口，戴维一跃跳到地上了。

"你若是需要我的时候，就吹口哨吧，"黑马说道，"我准会到来的。"

说罢，一瞬间它就不见踪影了，戴维独自站在那里，眼前除了那堵城墙和缀满铁螺栓的大门，就一无所有了。

黑飞马只花了三个钟头，就走完了从水泉到铁城堡之间的全程：这却够你走一辈子的——其实，戴维也不例外，尽管他是一位英雄。

铁　　人

戴维抬头看了看那巨大的铁门。铁门紧闭，还是锁着的。

在大门口旁边，有一个用长铁链悬挂在墙上的铁制大喇叭。大喇叭面上刻有如下用红色字母书写的大字："不论是何人，若想进此门，定要使劲吹，响亮又清新。"

戴维把嘴巴凑到喇叭口上，使劲一吹，喇叭声果然十分洪亮悠长，随即又从那黑高墙上和屋檐下弹了回来，震得他的耳朵嗡嗡响。紧接着，响起了轰轰隆隆的声音，仿佛是远处传来的闷雷。那些铁螺栓在里面吱呀吱呀着快速反射，庞大的铁门就缓慢开启，最后豁然大开。戴维走了进去，惊讶地环顾着四周。

那是一个黑黢黢空荡荡的大房间。天边的月亮这时透过棂格窗把寒光射了进来，高高照在头顶上，戴维看见，头顶上是阔大的拱形铁制天花板，脚底下是铁质地面。到处都是灰尘和蜘蛛网。蝙蝠和猫头鹰在幽室的上方静悄悄地翻飞着。皎洁的月光斜射在用红颜色描绘的骑士、贵妇、虬龙和巨人等画像的墙壁上。在这个阴暗大房间的那边还有一个类似的大房间，在那个的那边又有一个，戴维觉得那样的大房间似乎数不

尽。他继续往前走，渐渐地看见远处有一缕暗淡的红光，听见有人在挪动的脚步声和锅盘碗碟的碰撞声。他循着声音的方向走去，来到了一扇门跟前。他推开门，里面又是一个房间，样子像是一个大厨房。这个房间里只有一位老大妈，一只黑猫和壁炉中燃烧着的一团明亮的火。一张大桌子上已经摆好了晚餐：上面有一只木桶大的罐子，盛满了啤酒，还有一只像水桶一般大的高脚杯。有一个车轮般宽大的白蜡盘子，一柄草耙般尖削的餐叉，一把镰刀般锋利的餐刀。那个老大妈正忙着在炉火上烤全羊。她手里拿着一把长柄勺子，用它在火炉上不时地翻动浇了油的烧烤。一听见开门声，她就转过身来，但见戴维已经站在跟前。砰的一声，长柄勺子掉落在地上。

她站在那里看了又看，戴维也站在那里注视着她。"你是谁呀？"老大妈终于问道，"你是打哪里来的？"

"大妈，"戴维答道，"我是从月亮那边的地球来的。"

"你要寻找什么呢？"老婆子问道。

"我来这里，"戴维答道，"是要寻找宝匣子和万能秘籍，我要把它们带回到地球去，它们本是属于那里的。"

"哎呀！"老大妈说道，"我真的替你担心，因为尽管你看样子像一位英雄，不像是普通人，可是如果铁人来了，并且发现你在这里，那你就灾祸临头了。"

"你是什么人呀，大妈？"戴维问道。

"我也不知道，"老大妈答道，"我只知道我是一个有血有肉的凡人。

我来到这里太久，已经把所有别的事全忘了。不过，我现在还是血肉之身——我就记得这么多。"

"这么说来，如果你真的是血肉之身，大妈，你就会帮我，对不对？"戴维问道。

"为了这血肉之身，我会尽力而为的，"老大妈答道，"可是，你听哪！"

她突然大叫一声，又用手托住耳朵——"听！我这会儿听见他回来了！"

戴维听了听，果然听见远处传来的一种连续撞击敲打的叮当声，像是铁器在挪动。他心想那准是铁人来了，虽然他的心跳得很厉害，他还是挺起胸膛要去见那位巨人。

可是，老大妈跑到他跟前，一把抓住他的胳膊。"快！"她大声喊道，"这边走！"说着，她揭开了放在墙角的一口大箱的盖子。

戴维爬进了箱子，老大妈又把箱子盖上，让他躺在灰尘和黑暗之中。叮当！哐啷！咔嗒！嘣！这时，房门开了，铁人闯了进来，鼻孔里喷着烟火。他进来时，戴维把箱盖撑开了一点点，窥视着他。

铁人走到火炉跟前，拿起那只烤羊和铁叉。他把烤羊放在餐桌上的大盘子里，把它砍碎，就像人们把烤肉切碎一样。然后他在餐桌旁坐下，开始大吃大喝起来，用镰刀一样长的铁刀把肉割下，用草耙一样大的餐叉把肉塞进嘴里，用大高脚杯大口大口地喝着啤酒。啤酒从他的铁喉咙往下吞时，发出了咝咝声和汩汩声，同时，有一股白雾从他的鼻孔里冒出来。有一阵子，戴维什么都听不见，只听见刀叉碰撞的铿锵声和铁人

那张铁嘴咀嚼的声音。所有这一切，戴维都从箱子盖底下朝外窥视时看见了。铁人把食物往嘴里塞的样子，就像人们把煤炭往熔炉口里掀。

这顿饭终于吃完了，铁人把他的椅子拉近到火炉前。

"你过来，"他对老大妈说道，"拿上这把钥匙，去把宝匣子和万能秘籍给我拿来。也许今晚我能看看秘籍。"

由于能从箱子里往外窥视，这时戴维看见老大妈拿着铁钥匙，走到房子那一端的另一个大铁箱跟前。她打开箱子，拿出一个锃亮的铁盒子。盒子在红彤彤的火光映照下，发出微弱的红光。那个盒子用一把金锁锁着，钥匙上系着一条金链子。老大妈把那个盒子递给铁人，铁人用金钥匙把它打开，拿出一本像雪一样白的书。这就是万能秘籍，真是奇之又奇呀！是的。那本万能秘籍，唯有它能把福乐带到世上，却在那一对——那个男人和那个女人——从天堂花园逃离时，丢失了。

戴维观察到，铁人拿起秘籍看了又看，极力想读懂它。可怜的巨人倒拿着秘籍，因为那本书里的字，他一个都不认识——那是一本奇之又奇的书。打从远古之初，他就一直想读懂它，现在还想读懂它。然而他读不懂，因为在他和秘籍之间，隔着一层薄纱，只有活生生的真人才能揭开薄纱，读懂里面的文字。

于是，他坐在那里，那个可怜的、糊里糊涂的、吞烟吐火的热铁巨人——他坐在那里，耐着性子一次一次地反复尝试着要读懂那本书，而他的眼皮却越来越沉重，渐渐地他睡着了。过了一会儿，他就开始打鼾，又过了一会儿，那本书就从他手中滑落下来，掉到了地板上，它——那

本珍贵的万能秘籍——就仰面朝天地躺在那里，被遗忘了。

然后，又过了一会儿，老大妈来到了戴维藏身的那个箱子跟前。

"现在你的时机到了，"她说道，"如果你是个真正的男子汉，就能完成你来这里的使命。"

"我正是，"戴维说道，"谢谢你，大妈。"

"啊！"她说道，"暂时还不要感谢我，有血有肉的男子汉，因为你的厄运还没有到头呢。不过，秘籍就在那里，宝匣子也在那里。若是需要，你就把它们都拿走，尽可能快逃吧。"

铁人还是没有一点儿动静，只是一个劲儿睡呀睡，于是戴维从容不迫地捡起秘籍，把它放进宝匣子里，盖上盖子，上了锁，把钥匙从锁孔里拔出来，用金链子系牢，悬挂在自己的脖子上。匣子盖上有一个把手，他拎起匣子，带着它走出了房间，这时，铁人还是一动也没动，仍然在酣睡中。

戴维走出了一个房间又一个房间。

月亮已经高高升起，那从窗子射进来的大块大块方格子亮光，洒落在下面的铁地板上。在上方的拱形屋顶空间，是一片黑暗和沉寂。尽管屋顶是漆黑寂静的，他借助月光，匆匆向前走进了下一个房间。在那边还有一个房间，再往前连续不断，他终于分辨不出自己在哪里了。

就这样，他从一个房间走到另一个房间，拐来拐去，继续往前，最后他意识到，自己在铁城堡广漠无边的黑暗中迷失了方向。不过，他终于闻到了远方夜空的气味了，仿佛来到了一扇敞开着的门前。他冲

过了寂静的方格子月光，朝门口跑去。是的，终于到了敞开着的门口，外面是夜空，在柔和的月光照耀下，混合成了一片乳白。

"我现在安全了。"戴维思忖道。

他不知道未来还会发生些什么。

逃　奔

戴维奔向那敞开着的大门，获得了自由。

他嗖的一声跳了出去，又沿着那段高高的石阶梯跑下去，来到了下面柔软的泥土地上。

他的脚猛地踢着了草皮，一阵突如其来的刺耳的炸裂声，打破了夜晚的寂静。

原来是撞响了用铁链子悬挂在城堡大门口的铁喇叭。那炸裂声非常突然，非常尖锐，戴维立即停住脚步站在那里，仿佛他在那里生了根似的。

接着，刹那间，仿佛整个死寂的城堡又苏醒复活了。灯光射了出来，骚乱声响了起来，到处是撞击声和吼叫声。百叶窗砰一下子打开了，大门猛地关上了。灯光在窗子跟前晃来晃去，人影子在城堡墙上到处乱窜。

铁喇叭那尖锐刺耳的炸裂声还在继续响着。

这时，从尖厉惊人的骚乱声中，戴维隐约听见了另一种声音——那是一种轰隆隆的铿锵声和叮当声，以及一个巨人滚雷般的嚷嚷声。

那正是铁人，他正在追来。

这时，戴维像闪电一样很快恢复了理智，转身飞跑。

突然，正当他转身飞跑时，他听到了一个自己非常熟悉的声音在喊道："救命啊！救命！救救我吧！救救我！"

他抬头一看，只见一个人，在紧挨着屋檐下面的窗子里探出身子，向他伸出双臂，原来是菲丽丝。

是的，是菲丽丝。不过，现在她已经长成了一个美丽的少女。

面对着那嘈杂声和骚乱声，以及这一连串的稀奇事，戴维站在那里迷惘糊涂了。

"真的是你吗，菲丽丝？"他大声问道。

"是的，啊，是我呀！"她大声答道，"救救我——把我从这里救出去吧！"

"可我记得你是在月亮花园里的呀。"戴维大声喊道。

"我是在月亮花园里，"菲丽丝大叫道，"这儿正是月亮花园！啊，快把我从这里救出去吧！"

戴维仍然站在那里，就像一个人进了迷宫，不知如何是好。

那铁喇叭还在响着撕心裂肺的炸裂声，可是透过它，铁人那咔嚓叮当的脚步声越来越响，越来越近了。

聆听吧！那是什么声音？是一阵铃声，正从一片动乱声中传来。戴维仔细听着，这时他明白了那是什么铃声。那是月中人在月亮屋后门拉响的铃声。

"快跑呀，菲丽丝，"戴维大喊道，"从后梯子爬上来，否则，我们俩又会错过！"

然后，菲丽丝的面孔就从屋檐下的那个窗子里消失了，这时，戴维倾听着，听见了月中人那沙哑低沉的说话声，他在远处跟她说话，好像那个老头子以前跟自己说话一样——"把你的手伸给我——好，预备，跨一大步——很好，这就对了。"随后，传来了关门声，一会儿之后，他听见菲丽丝的脚步声正从后梯子飞跑上来，后梯子是连接月亮花园和月亮屋二楼的通道，近些了——近些了——近些了——接着，突然，她就站在了他的身边，由于快速奔跑而喘着粗气。

戴维紧紧抓住了她的胳膊。直到他感觉到她真是个有血有肉的活生生的人，他才相信那不是一场梦。

然而，铁人也在步步逼近。这时，他又开口说话了，他的粗声大嗓在城堡里面回荡。

"偷走我的宝匣子和万能秘籍的那个他，到哪儿去了？"

接着，大门开了，他阔步走了出来，从鼻子里喷出来的烟火进入了夜空。

菲丽丝尖声大叫。

这时，戴维把两个手指放进嘴里，使劲吹响了一声尖锐刺耳的口哨。

眨眼间，黑飞马按照以前所许诺的，就来到了跟前，它那雪白的双翼在暗淡的月光下闪光。已经是刻不容缓了。戴维快速把菲丽丝推上马背。

"去月亮屋！"戴维大声命令道，随即他自己向上一跃，跨到了马背上，就坐在她身后。

铁人看见了他们，一边发出愤怒的吼叫，一边朝他们猛冲过去。

黑飞马腾身一跃而去。它加速飞奔，快如疾风，背上还驮着戴维和菲丽丝，连同宝匣子和万能秘籍。

"抓紧！"戴维喊道。

"我抓得紧。"菲丽丝说道。她脸色苍白。她的长发被风吹向后面，飘拂在他的胸口、脸上和嘴上，仿佛给蒙上一层柔软的青丝网。

那把金钥匙仍然用金链子系牢，悬挂在戴维的脖子上，左右摆动着，他时不时地用手托起它，看看它是否安全。他听见铁人还在他们后边喊叫着咆哮着。他掉头朝后望了望，只见那个吞烟喷火的巨人正在他们身后紧追不舍。

黑飞马快速飞奔，像燕子一样靠近大地的表面，在巨岩和石山、灌木林和荆棘丛的上方掠过，可是，铁人跑得和他们差不多一样快。他偶尔还要拾起石头朝后面扔，不过，黑飞马加快速度继续向前飞奔，同时，铁人也加快速度又追了上来。

他们继续往前飞奔，直到最后，黑夜在东方开始露出乳白，日光变得越来越明亮了。

然后，又圆又红的太阳从东方跃了上来，戴维再一次掉转头朝后看了看。铁人还在他们后面旋风般冲来。这时，正在冉冉升空的太阳把光线直射到他脸上，他的脸就变得血红血红，从他的鼻孔里喷出来的黑烟在后面留下一道墨痕，渐渐消散并融入了清晨那明净的太空之中。

"看哪！"飞马说道，"不过，要向前看，不要朝后看。告诉我，你

看见了什么？"

这时，戴维手搭凉棚，遮着耀眼的阳光，认真看了看。

"我看见了，"他说道，"前方有一种火焰般的东西在闪光——对了，是那位老大娘的农舍，在那边，我还看见了远方的海岸。"

"是的，"黑飞马说道，"到那里，我的劳务就结束了。我只能把你们驮到那么远，不能再远了。到了崖顶那边，你们就必须自己走了。"

"可是那个铁人！"戴维喊道。

"到了崖岸的那边，你就必须自己救自己了。我不能把你驮得更远。"

"可还有菲丽丝呀！"戴维又大喊道。

"你也一定要救她。我不可能把你们驮得更远了。"

"可我们应该怎样逃走呢？"戴维问道。

"你们必须从你们出来的那道门进去。没有别的地方逃走。"

"可是那大火，"戴维说道，"还有我穿过的冰原。"

"没有火能烧伤你，也没有冰能冻坏你。因为经历过一次冰火考验的人，决不需要再经历一次。"

"可是菲丽丝，"戴维说道，"她怎么能闯过火与冰呢？"

"只要她跟你在一起，谁也伤害不了她。"黑飞马说道。

菲丽丝仔细倾听着他们所说的一切，不过，她听不懂。

这时，戴维又朝后看了最后一眼。铁人已远远落在了后面。

然后，他们到达了行程的终点。黑飞马快速飞过老大娘的农舍。她已经不见踪影了，唯有那些白衣服还挂在外边的晾衣绳上，在风中飘荡。黑飞马加快速度恰好飞到崖岸上，这时它突然停住了。

"这就是终点，"它大声说道，"我不能再往前走了。"

戴维一跃就跳下地，然后又把菲丽丝从马背上扶了下来。

下面远处的海浪在巨岩和圆石中间激荡着，泛起了乳白色的泡沫，冲击着崖表，又反溅到了空中，许多海鸥在聒噪着盘旋。

然而，菲丽丝和戴维都想象不出自己看见了什么。她回首一看，只见巨人若隐若现地朝他们冲来。

"啊，快看！"她大喊道，"他跑得好快呀！"

"可是，你现在应该给我松套了吧？"飞马说道。

“当然，”戴维说道，“我会的。”

说罢，他把马笼头的扣环松开了。

“再见啦。”他说道，说着说着，就把马笼头和嚼子全都拆卸掉了。

黑马的蹄子踏上岩石，张开它那神奇的翅膀，一跃腾空，滚雷般振翼飞去——飞去——飞去——这时它螺旋式地向上飞去，最后成了空中的一个小斑点——忽闪忽闪着——消失了——看不见了。

重返月亮屋

　　然而，与此同时，戴维和菲丽丝正在沿着石台阶往下跑，那是从崖顶到下面海岸的唯一通道，戴维用一只手紧紧抱住那个宝匣子，用另一只手把钥匙压在自己的胸口。铁人仍然在他们后面紧追不舍，不过，戴维感到现在他们逃脱很有把握，因为他们到达下面的海滩以后，就离他从月亮天使那边出来的那道门不远了。他心里明白黑马的话是真的——他们只有从那里进去才能确保安全。

　　他们来到了海滩，然后就沿着岩石海岸匆匆忙忙地赶往那扇门，前天戴维就是从那扇门出来的。他们奔跑时，戴维回头向后看了看，只见铁人在艰难笨拙地从上面的石台阶往下爬，他的脑袋和肩膀完全裸露在崖岸边上。

　　这二人继续往前赶，终于赶到了那扇门前。戴维高兴得大喊一声，就向那扇门冲去。

　　门锁着。

　　戴维像石头那样一动也不动地站在那里。他的心似乎停止了跳动。

　　锁住了！可能吗？他又转过身去，极力想把门推开。

那扇门就像是用巨岩砌成的那样结实。

"把门打开！"菲丽丝大喊道，"啊，快把门打开，戴维，他就要追上来了。"

"我打不开呀，"戴维声音嘶哑地说道，"门是锁着的。"

"啊，再试试吧，"菲丽丝喊叫道，"再试试吧，戴维。"

可是，戴维摇了摇头。

"门是锁着的，菲丽丝，"他无可奈何地说道，"我们现在进不去。"

他心里明白，他们目前是进不去了，这时，铁人正在岩石中间跌跌撞撞地朝他们直逼上来，而且越来越近。

戴维把宝匣子放在门前的台阶上，然后上前去迎战铁人。他手中没有任何武器，没有任何可以用来打斗的东西。他在向着那巨人冲去的时候，朝四周看了看，突然发现一块锐利的锯齿状石头，他随手捡了起来，在手中掂量着。他回头一看，只见菲丽丝蹲坐在靠门口的一个土堆上，注视着他，浑身直打战。然后，他又环顾了四周，那个巨人已经追到跟前了。

这时，铁人猛地停住脚步，站在那里打量了戴维好一阵子。突然，他爆发出一阵怪异的狂笑，那狂笑声听起来似乎是用钟锤猛撞巨钟发出的轰鸣声。

"哈哈，你们跑不掉了，"他说道，"那个小女子和你，都必须回到我的铁城堡去，只要你们活着，就要为我干活。"说罢，伸出一只粗大的铁手，就要去抓戴维的头发。

这时，戴维一扭身，使出平生吃奶的力气，把手中的那块锯齿形大石头猛掷出去，正击中铁人的脑门。

那石头径直飞出，砸在铁人前额的正中。当石头砸中目标时，发出了爆破的哐啷声，一种类似打碎玻璃的声音，同时，戴维仔细一看，只见顷刻间那巨人的铁脑壳前额中央出现了一个裂口。就在那一瞬间，他看见铁人浑身上下仿佛燃起了红红的烈火，接着，从那个裂口里涌出一股白热的铁浆，顺着那铁脸铁胸脯汩汩流淌下来——流到潮湿的岩石上，又从那里往下淌。这个巨型怪物站了一会儿，就摇摇欲坠了，那张铁嘴发出了可怕的空洞回荡的呻吟，然后，转了半圈，那个巨人就倒在沙石滩上，脑袋栽进海水里，双脚搁在崖岸边。一缕缕瘴气从他躺着打滚冒烟的海水里升起。有一次他挣扎着想站起来，抬起他那可怕的滴着咸水的脑袋。然后，他又砰一声倒下了，嘴啃泥似的，翻滚一下，就不动弹了，只看见有一些水汽从他的铁躯体里冒出，又被他身子周围的海水冷却。

戴维站在那里，高高耸立在被击倒的敌人之上，他的胸膛起伏着，就像海洋在暴风雨过后汹涌起伏那样。一切发生得非常快，他简直不能相信。那是真的吗？是的，全是真的！他的心由于胜利和喜悦而万分激动，好像快要爆炸了。那是真的。他的确杀死了那个铁怪物，长期以来，那个怪物在脆弱的大地上横冲直闯，令人发抖。所以，他站在那里，轻蔑地注视着那个倒下的巨怪，以及那巨怪最后一缕依稀萦绕着的水汽缓慢卷入空中，消散得无影无踪。

他听见菲丽丝在呼唤他："戴维，戴维！"然后，正当他欢欣鼓舞地

转身之时，她大声喊道："戴维，门开了！"

千真万确！这时候那扇门开了，是半开着的，现在无论什么时候，他们想进去就可以进去了。

戴维把菲丽丝从她坐着的地方扶了起来，又拿起那个宝匣子，用力把门推得大开，就进去了。

这是月亮屋的二楼。

菲丽丝以前从没有看见过，她站在乳白光中，仔细打量着四周，陷入了迷茫。

"我们这是在哪儿呀？"她问道。

戴维看着她，微微一笑。"你不知道吗？"他说道，"这就是月亮屋，我们现在是在二楼。瞧，我先前经常从那些窗子往外眺望，看见了许多奇幻的事物，这些我都跟你讲过的。不过，菲丽丝，你过来，我们一起下楼去看看。我知道月中人这时肯定在等候我们呢。往后，我们兴许还能回到这里来。"

他们进来时，月中人站了起来，摘下帽子，背后挂着他那根长烟管，先向戴维，再向菲丽丝鞠躬致意。

"我很高兴又见到你的尊容，"他对戴维说道，"我也很高兴见到你夫人的芳容，祝福你们俩长命百岁，幸福美满。"

菲丽丝脸泛红晕，戴维却哈哈大笑起来。

"你手里拿的是什么呀？"月中人问道。

戴维就把它举起来。"这个呀，"他说道，"就是宝匣子。"

"我就知道你肯定会找到它，并且会再把它带回来的，"月中人说道，"我早就对鞋匠王殿下说过，你会办到的。"

那个老头儿眯眯笑着，脸上布满了闪着银光的蜘蛛网状的皱纹。

"可是，请你告诉我，"戴维说道，"还要多久我们才能再回到地球去呢？因为那里才是我们要去的地方。"

"再回到地球上去？"月中人说道，"多久？"他抬头看了看大钟，"哎呀，你们来得正是时候。月亮路这时正处在最佳状态——我瞧瞧看——三分钟以后。"

"那么看来已经刻不容缓，"戴维说道，"我们一定得走了。"

"我陪你们一起下去吧。"月中人说道。

他在前带路下楼，菲丽丝和戴维紧跟在后。他们下呀，下呀，最后来到了月亮屋的前门。月中人把门打开了，门前就出现了那条月亮路，直伸着跨过大海，闪耀着银白光，正好投射到他们的脸上。

"再见。"戴维说道，向月中人伸出了手。

"再见。"月中人说道，一边脱帽致敬，一边握着戴维的手，"我希望你们再来看望我们。"

"哦，会的。"戴维笑着说道，"我希望今后常来这里。"

"那就好，"月中人说道，"再来吧。"

戴维纵身一跳，就跳到下面的月亮路上了。

"跟我来吧，菲丽丝，"他说道，"好的，你抱着宝匣子，我扶你下来。"他一边说着，一边把宝匣子递给她，然后，他抓住她的手，搀扶她下到了他自己站着的那条小路上。

"再见啦。"月中人说罢，就把门关上了——咔嗒！

"跟我来吧。"戴维说道，接着他们都转身面对着自己的家乡。

他们都转身面对着自己的家乡，然后——

转眼间，菲丽丝不见了，只剩下戴维独自站在那里，而且更糟糕的是，她把宝匣子也带走了。

是的，他只身一人。为什么会这样呢？想一想，你自己就会弄明白的。下面就说说她为什么不见了——

宝贝孩子呀，你懂的，每一个人都有一条与众不同的月亮路。戴维的月亮路通往他的家乡。菲丽丝的月亮路通往她的家乡。所以呀，当他们开始要返回到地球时，一个人走在一条路上，另一个人就走在另一条路上。

这就是转眼间菲丽丝不见了的原因。

戴维站在那里懊悔地朝四周环顾了一会儿，随后就哈哈大笑起来。

因为，他心里明白，菲丽丝不会离去许久的。在月光世界里是不会发生这种事的。

他伸手去摸挂在自己脖子上的金钥匙。

"哦，好的，"他说道，"不久一切都会弄明白的。"

然后，他自己动身回家。他先是慢慢步行，一会儿之后他就加快了脚步，再后来他就跑起来。起初，好像是行走在泛着银光的平原上，后来又像是在流动的砂石路上匆忙前行。最后，他开始奔跑起来。那崖岸越来越近。是的，汉斯·克劳特坐在巨岩上，正在远远地望着他。戴维跑呀跑呀。金色光洁的砂石路开始变成断断续续的光带，每一根都在浪峰上荡漾。这时，戴维在奔跑着，从一个浪峰跳到另一个浪峰。他踏上了最后的一个浪峰。月光在他的脚底下像生物那样蠕动摇晃。然后，他跌跌撞撞地跳着，恢复了平衡，站稳了脚跟，又站在可爱的地球的岩石上。

"怎么样呀，戴维？"汉斯·克劳特问道。

"一切顺利，"戴维说道，"他们在家里过得怎样？"

"他们都好着呢。"汉斯·克劳特答道。

"奶娃子怎样了？"戴维又问道。

"奶娃子已经有十三岁了。"汉斯·克劳特说道。

"哦，她应该有，我已经忘记了。"戴维问道，"家里的人都惦记着我吗？"

"谁也不知道你外出了。"汉斯·克劳特说道。

"我到月亮上了多久？"戴维问道。

"你去那里已经十一年了。"汉斯·克劳特答道。

"真的呀。"戴维说道。他伸手去摸了摸自己的脸。他感觉到下巴上长出了胡子，嘴唇边也长出了髭须。他又向下看了看自己。是的，他确实已经长成了一个大男子汉。然而，没有人知道他离家出走了那么久，也没有人知道他做了一件英雄伟业——他杀死了那个铁人。啊，在这个世界里，这种事是经常反复发生的呀。

戴　维

　　戴维环顾了一下四周，发现这时既不是白天也不是黑夜，而是恰好处于暮光与曙光之间——此时，大地完全沉浸在柔和温馨的乳白之中，使万物满怀希望地朝向东方，不过，这里面没有暗影，不至于使我们所见之物显得粗俗僵硬。

　　戴维和汉斯·克劳特一起沿着岩石小径朝村庄走去。

　　"你看见月亮花园了吗？"汉斯·克劳特问道。

　　"当然，我看见了。"戴维答道。

　　汉斯·克劳特翘起舌头在牙缝里啧啧连声，欣羡不已。

　　"啊，"他说道，"我是永远不可能去那里了。我太老了。"

　　"确实，"戴维说道，"我也觉得你太老了。有一次我看见了你，还朝你挥手了的。"他补充道。

　　"是呀，"汉斯·克劳特说道，"我当然记得。我看见你在朝窗子外面张望，我也朝你挥手了。"

　　"对的。"戴维说道。

　　"那以后的十年你去哪儿了呢？"汉斯·克劳特问道。

"我一直跟在月亮天使的背后。"戴维答道。

"啊！你到那里去了吗？"汉斯·克劳特问道，"嗯，我试了又试，可怎么也到不了那里。只要能到那里，我愿意倾家荡产，可我就是到不了。"

"那是因为你确实太劳神了，"戴维说道，"其实，去那里根本不需太劳神的。"

"我以前从来没有想过这一点，"汉斯·克劳特说道，"哦，得啦，将来总有一天我会跟到月亮天使背后去的。"

"那是肯定的，"戴维说道，"我们大家都会的。"

他没有告诉汉斯·克劳特，他看见了谁，他在月亮天使背后做了些什么。

于是，他们一起穿过那片光，不久翻过了那座山，来到了他们自己的村子。开始有灯光在闪亮，鹅群在叫唤，孩子们在玩耍，在大喊大叫。海岸边停泊着许多船只，月亮像一个圆圆的大水泡在高空中飘游，把越来越清凉的银光洒在海面上。他们走过了公共绿地，孩子们正在那里玩耍。这一切都是多么不可思议地熟悉呀——就跟十一年前一模一样。

孩子们都用手指着戴维和汉斯·克劳特，嘲弄他们，讥笑他们，跟往常一模一样。

"月亮仔！月亮仔！"他们喊道，"汉斯·克劳特，汉斯·克劳特，你已经智穷才竭，智穷才竭！"

戴维听了，不禁哈哈大笑起来。这些孩子他一个都不认识。既然他

已经离家十一年了，他怎么可能认识他们呢？

"在那段时间里，他们一直都在你后面这样喊吗？"他对汉斯·克劳特问道。

"是的。"汉斯·克劳特答道，这时他抬头看着戴维的脸，仿佛他很害怕。

有几个年轻人站在一小酒吧门前，他们俩路过时，都对着他们大笑。戴维觉得他似乎认识他们。其实，其中一个年轻人就是汤姆·斯多特。有几个少妇也在嘲笑他们。戴维觉得很奇怪，他们已经是少妇了，因为他离家时，她们都还是女孩子。

于是，他沿着街道往前走，不久来到了自己家。他的母亲正站在门口，她的头发已经银白了。他看见他的父亲在屋子里。他正坐在火炉旁，把长满茧的手伸在炉火上取暖。他刚去钓鱼回来，身子还没有暖和过来。

"你这一晌去哪儿了呀，戴维？"母亲问道。

"我一直在月亮屋和月亮花园，跟在月亮天使的背后。"戴维说道。

"哎哟，哎哟，可怜的孩子呀，真是可怜的孩子！"母亲说道。

父亲掉转头朝后看了看，咕哝着。

"还是从前的那个月亮仔。"他说道。

"对的，"戴维说道，"还是从前的那个月亮仔。"随后，他又哈哈大笑起来。

在这个村子里，从老所罗门·格隆迪到戴维自己的父亲母亲（汉斯·克劳特除外），没有一个人知道他离家出走，更没有人知晓他经历了最神

奇的令人难以置信的冒险，那是有生以来只有英雄才能面对的冒险经历。

"你现在打算做什么呢，戴维？"母亲问道。

"我打算等待。"戴维答道。

她似乎觉得戴维真的很傻。

于是，戴维坐下来，等待着。

国王的信使

就这样，英雄戴维一直在等待着，等待着。

他常常帮父母做事，如若他没事做时，就去跟村子里的一些小娃娃玩。小娃娃们理解他，可是，别的人都不理解。别的人都讥笑他，甚至连他的妹妹也像别的孩子一样讥笑他，喊他月亮仔。他的妹妹在襁褓中时，他天天抱着她去玩耍，现在她已经出落成一个十二三岁的苗条的大姑娘。她已经忘记了，小时候他如何抱着自己到崖岸上去看大海，以及他们俩在那里又怎样遇见了月亮天使。

事实是，月亮天使说不定什么时候会带着一块海绵来到我们每个人身边，把我们对三岁以前所经历过的事的记忆统统抹干净。这正是戴维的小妹妹不记得他们曾经一起遇见过月亮天使的原因，也是现在她跟别的孩子一样讥笑他，喊他月亮仔的原因。

不过，那些小娃娃都很理解他，所以他常常跟他们一起玩。

在整个大地上，到处呈现出一派欢呼雀跃的景象。

奥莉娅公主，这位全世界最美丽的公主，突然间又恢复了理智，如今她跟大家一样聪明机灵。

这已经足以使举国欢腾，然而，当大家都知道宝匣子和万能秘籍又被带回到人间的消息之后，那就不算什么了。

是的，它们都被带回来了，不过，那宝匣子是锁着的，而且没有钥匙，所以谁也打不开。然而，全世界都知道，那把钥匙是可以找得到的，因为公主说，她看见它挂在戴维的脖子上，所以，到处都洋溢着欢欣喜悦。

但是，那位英雄是谁呢？究竟是谁把丢失的宝贝带回到人间的呢？谁也说不清，就连公主自己也说不清。

"他们叫他戴维，"她说道，"可我连那是不是他的真名字也不知道。"

"你记不记得，"国王问道，"那位要把宝匣子和万能秘籍带回人间的英雄，已经对你许下了什么诺言呢？"过了一会儿，公主还没有回答，他就说道："想必是他要娶你。"

公主依然低头朝下看着，扬起秀气的眉毛，脸颊泛红，拨弄着她那柔嫩白净的手指。

"当我们还是小孩子的时候，在月亮花园里一起玩儿，他是这样对我说的。"她说道。

"你愿意吗？"国王问道，"你答应长大后嫁给他吗？"

"是的。"奥莉娅公主低声答道。

于是，国王派出了信使到全国各地，去寻找那位脖子上挂着宝匣子金钥匙的英雄。因为他承诺要娶公主的。

与此同时，在遥远的那个村子里，戴维还在等着等着，因为他知道有始必有终，迟早而已。

国王的信使，每人带着六名骑士和一名传令官，奔赴每一个地方——东西南北——王国的各大城镇查找，可是哪里都找不到那位英雄——那位脖子上挂着金钥匙的人。

　　后来，他们就去乡村，一个村子挨着一个村子地寻找。就这样，不久就有一位信使来到了戴维居住的村子。

　　这个场面非常壮观——国王的信使，六名全副披挂的骑士，以及那名带着银号角的传令官，那号角上挂着一面小金旗。当他们全体人员阔步来到那个鹅群吃草和孩子们玩耍的公共绿地时，那名传令官吹响了号角，在那里大声宣布，国王已经派遣信使，要寻找那个脖子上挂着一把吊在金链子上的金钥匙的人。

　　大家都簇拥上去，听他宣讲，在场的男人、女人和孩子们，一个个都听得目瞪口呆。

　　"你听到了吗？"

　　"你听懂了吗？"

　　"你听清楚了吗？"

　　那些男人们交头接耳地问道。

　　"没有，我没听清楚。"

　　"我也没听清。"

　　"我也没。"

　　没有一个人听明白。

　　"还有没有别的人住在这个村子里呢？"国王的信使问道。这时，

人们纷纷大笑起来。

"有一个名叫汉斯·克劳特的人，"一个男子说道，"他是一个精神失常的鞋匠。"

"去把他带到这儿来。"国王的信使说道。

他们中有十多人飞跑而去，没多久他们就转回来了，带着汉斯·克劳特。

"你的脖子上挂有一把吊在金链子上的金钥匙吗？"国王的信使问道。

"没有呀，"汉斯·克劳特答道，"这种钥匙全是月宫之物，你们一看就明白的，我不可能去那里带一把回来呀。"

"一把什么？"国王的信使问道。

"月宫之物呀。"汉斯·克劳特答道。

"哈！哈！哈！"大家大笑起来，甚至连国王的信使也微微笑了。他们都不知道，汉斯·克劳特其实是村民中独一无二的聪明人——而村民们全都认为他精神失常。

"村子里就没有别的人了吗？"国王的信使又问道。

"啊，有的。"他们中那个站在近前的人答道——是汤姆·斯多特。

"啊，有的，有一个，不过他只是一个可怜兮兮的，幼稚无知的月亮仔。他名叫戴维，他的父母也都替他害臊，因为他太傻。"

"不管怎么说，还是把他带过来吧。"国王的信使说道。

村民们面面相觑了一阵子，旋即又大笑起来。

"快去把他带来。"国王的信使又命令道，顿时，他们中又有十多个人飞跑去抓戴维了。

他们一走进农舍，戴维心中就明白，他的等待有了结果。

"外面有一位大人要见你。"那些去抓捕他的人说道。

可是，戴维只是一动不动地坐着，微笑着。

"我不能去见他。"他说道。

"可那是国王的信使呀。"他们说道。

"即使是国王的信使，我也不去。"戴维说道，"如果他真想见我，他就必须到我这儿来。"

他们跟戴维左说右劝，却全是徒劳。他执意不去，最后他们只好回到国王的信使那里去汇报。

"那个笨蛋居然翘起尾巴来了。"他们说道，"他说他不想来见你，还说你必须到他那儿去。"

"很好，"国王的信使说道，"我倒是要去见见他。"

于是，他们浩浩荡荡地穿过公共绿地，沿着大街朝戴维家走去，后面跟着一大群人。戴维果然在那里坐着，等待着，当国王的信使带着那六名骑士和那名传令官一齐拥进时，整个农舍都挤满了人。是呀，他们一个个趾高气扬，披金戴银，珠光宝气，忽闪忽闪的，把里面照耀得通亮。

那些跟在信使后面的人都站在外面，透过窗子朝里面窥视，戴维的父母站在堂屋的一角，他们的眼睛就像鱼眼睛那样圆睁着。然而，戴维却静静地坐在那里，直视着国王的信使、骑士和传令官，面带微笑。

"你的脖子上有没有挂着一把系在金链子上的金钥匙？"国王的信使问道。

"是的，我有。"戴维答道。

"让我看看！"国王的信使说道。

戴维伸手到自己胸前，果然掏出了一把系在金链子上的钥匙。

"就是它，"国王的信使说道，"传令官，快把号角吹响！"于是传令官使劲地吹起了号角，号角声响亮得很，把整个农舍都震荡得吱吱响。

至于那些趴在窗口边窥视的村民，当他们看见戴维居然真的有那把金钥匙时，简直不相信自己的眼睛，原来那个傻瓜戴维——月亮仔戴维——就是全世界都在议论的大英雄。

国王的信使脱下了他那饰有精美羽翎的帽子，深深地鞠了一躬，头几乎触着地了。戴维微笑着又把钥匙放回到怀里。

"你现在必须跟我们一起去皇城。"国王的信使说道。

"好吧，"戴维说道，"那正是我一直在等待着的。"

于是，他们牵上来一匹大白马，马背上的鞍鞯闪耀着珠宝金光。国王的信使亲自扶着马镫，让戴维跨上马背，那些村民拥挤着站在周围，惊讶地瞪着眼睛看。戴维扫视了他们一眼，不禁哈哈大笑起来。可怜的汤姆·斯多特，双眼瞪得像小牛犊的眼睛似的，他那惊讶不已的样子，简直太可笑了。

接着，他们都骑着马在大街上转来转去，马蹄击在鹅卵石路面上发出了铿锵有力的响声。

"万岁！万岁！"众人齐声高呼着，"英雄戴维万岁！"

　　他们拿起帽子在头顶上挥动着，还有的把帽子扔向空中。唯有公共绿地上的那群鹅，弯着长长的脖子，跟在马屁股后面叫唤着。

　　"万岁！万岁！万岁！"所有的姑娘挥动着手帕，也在高呼。

　　就这样，戴维骑在高头大马上向皇宫走去，人人都为这个村子里出了一位大英雄而自豪。

　　这种事在世上是不常发生的。

奥莉娅公主

戴维、国王的信使、六名骑士和传令官，他们骑着高头大马，沿着大路走去，翻山越谷，跨过草地牧场，穿过城镇乡村，大家都高声喊着："万岁！万岁！"就像他们在那个村子里所做的一样。

"万岁！万岁！那位有金钥匙的英雄要开宝匣子啦！"戴维到来的消息像野火一样到处蔓延，人们从四面八方赶来，就是为了要一睹他骑马路过时的威风形象。

就这样，他们终于来到了皇城。

这消息在他们到来之前就飞传到了那边，也传到了这边，众人都在高呼："万岁！万岁！因为那位有金钥匙的英雄要来打开宝匣子啦！"

他们骑马穿过大街时，全城都挤满了观众。窗口里也是人头攒动，到处都有人在挥舞着方巾和三角旗，非常热闹。至于那阵阵欢呼，听起来就像大海浪涛的咆哮。

英雄戴维骑在马上微笑着，来到欢呼的人群中间，脸上泛起了像月色一样的皎皎白光。

于是，他骑马走进了皇城大街，来到了皇宫前。国王亲自出来走到

台阶上欢迎他。

他牵着戴维的手，领着他走上宏伟的大理石台阶，进入了皇宫，穿过大殿，来到了奥莉娅公主正在等候的地方。王公贵族，骑士卫队，全都身着金银盛装，排成两列，夹道欢迎他的到来。

国王把他径直领到一个金碧辉煌的内廷，地上铺着丝绒地毯，奥莉娅公主端坐在对面的宝座上。在她右边有一张桌子，上面放着一个匣子。

那就是宝匣子。

当他走上台阶去见她时，她走下台阶来迎接他。然后，她把手放在他的肩膀上，在大庭广众之下俯身去亲吻他。

全体王公贵族大臣顿时欢呼高喊起来，国王自己则握住他们的手，与他们相拥在一起。

公主把戴维领到匣子跟前，戴维拿出挂在他脖子上的那把用金链子系牢的金钥匙，插进了锁眼。一切都寂静得鸦雀无声。戴维转动了钥匙，打开了匣子，里面放着雪白的万能秘籍。他翻开秘籍，第一页上用金色写着这样一句话："等我们长大后，我们就结婚。"

是的。这就是他们打开宝匣子时看到的字，而紧跟其后的，是成千上万的字句，说的是同一件事——"我们长大后，我们就结婚。我们结婚时，我们长大了。我们结婚后，我们就快乐。我们快乐时，我们已结婚。"整本秘籍从头到尾写的就是这些。

宝贝孩子呀，你可能会说："什么！就这些？"

啊，宝贝孩子呀，你不懂——你还不懂。

这些字句听起来像月光一样简洁，而自以为聪明的傻瓜蛋可能会发笑，认为一位英雄不远万里到乌有邦的背面去取回的只是写了这些字的天书。不过，在整个现实的世界和整个未来的世界里，没有任何别的事更值得大写特写的了。因为如果皇天不与后土结合，那就永远不会有蓝绿眼孔与孔雀的尾羽相配了。

是的。这几个字的确是跟月光一样简洁，而且，你必须在万能秘籍里阅读才能读懂它们的含义。

是的。我所告诉你的这一切并非胡说八道。英雄戴维的确取回了宝匣子和万能秘籍，就像我告诉你的那样——他的确——的确——这些就是在秘籍里所写的字句。

难道你还不懂吗？啊，好吧，将来总有一天你会懂的——不过，首先你要用月光洗涤一下你的眼睛，然后再去读它。

那么，戴维和公主真的结婚了吗？怎么啦，他们当然结婚了。因为在众多的童话故事里，呆子和公主结婚是常有的事，这就是因为它们太真实了，所以呀，那些聪明人和小孩子更喜欢阅读它们，而不喜欢阅读别的。

他们后来又回到月亮花园去过吗？那还用问吗？他们当然回去过的啦，因为那些读过万能秘籍里的那些字句、又能懂得它们含义的人，是可以随便什么时候往来于任何地方的，只要他们愿意那么做。

好啦，如果你愿意，你可以对这个故事付之一笑，并且称之为纯属幻想，但是，如果到现在为止，你仍然不相信幻想比现实更丰富多彩，那么，啊，即使我写出了一百二十部鸿篇巨制，而不是只写了这个简短的故事，我也没法使你相信。